CHV

Botho Strauß

Der Narr und seine Frau heute abend in *Pancomedia*

Carl Hanser Verlag

1 2 3 4 5 05 04 03 02 01

ISBN 3-446-20087-8

Umschlag: Peter-Andreas Hassiepen, München
Satz: Satz für Satz. Barbara Reischmann, Leutkirch
Druck und Bindung: Friedrich Pustet, Regensburg
Printed in Germany

Die Lesung

Sylvia Kessel setzt sich an einen kleinen Tisch mit Leselampe und einem Glas Wasser. Sie schlägt ihr Buch auf.

SYLVIA KESSEL Ich lese das dritte Kapitel aus meinem unveröffentlichten Roman »Rapunzelzopf oder Vom Ende der Greisen-Republik«.

In Hebeckers Sanitärgroßhandel am Erlanger Platz war Mildred Körner unentbehrlicher als der Chef. Seit achtundzwanzig Jahren war sie *seine* Sekretärin, die rechte Hand, alle Aufträge und Bestellungen gingen über ihren Tisch, oft genug traf sie geschäftliche Entscheidungen auf eigene Faust, traf sie mit Umsicht und Geschick, stets zum Vorteil der Firma. Noch immer trug sie die mädchenhafte Ponyfrisur, wenngleich darunter die Falten, die Rillen und Rinnen, die gerötete und gedunsene Haut das Gesicht einer verbrauchten und anfälligen Frau gezeichnet hatten. Nicht nur der Griff zur Flasche, auch die stille Gewalt, mit der sie den Griff an jedem zweiten Abend zu unterdrücken suchte, erschöpften sie, hinzu kamen allergische Empfindlichkeiten, die sie früher nicht gekannt hatte, und schließlich der Kummer mit dem Sohn, Jan-Henning, einunddreißig – einunddreißig Jahre war er im letzten Frühjahr geworden! Ihr Leben für den Sohn, ihre Arbeit, ihre Verzichte und Ängste, alles hatte sich immer um den Sohn gedreht, was kam dabei heraus, was konnte nur dabei herauskommen? Ein Flop, ein Jammerfall.

Männer, das ging ihr früh daneben, nur der Sohn, hervorgegangen aus einer Dreiwochenliaison mit einem Galeristen, drei Wochen Ausgelassenheit, drei Wochen waren extravagant in diesem langen Arbeitsleben, ein Feuerwerk der Illusionen, drei Wochen Hochzeit mit einem völlig introvertierten Mann, drei Wochen und ein Kind fürs ganze Leben … Von jemandem, der ihr nicht ein einziges Mal in die Augen gesehen hatte. Dennoch war sie bisweilen überrascht über ihre Zufriedenheit, trotz der entstellten Haut, des zerlaufenden Gesichts, ganz zufrieden, bis auf den Sohn, nun ja, der taumelt noch, der fängt sich eines Tages, so dachte sie an manchem Feierabend, die schweren Beine auf den gepolsterten Hocker gestreckt, die Hüfte plump und nie mehr schmerzfrei. Vielleicht hätte sie sich weniger beschwerlich empfunden, wenn sie in solchen Ausruhstunden nicht immer demselben Trug erlegen wäre, als sei es gestern erst gewesen, daß sie ganz unbesorgt und schlank und leicht dahergekommen war. Wie eine süße grausame Entrückung geschah es, und sie fühlte die Biegsamkeit und Spannung ihres jungen Leibs, sogar den damals makellosen Teint berührten ihre Fingerspitzen und auch ihre langen, schnellen Beine ... Diese Woge eines Tagtraums, die sie erhob und ganz umfing, warf sie dann um so schroffer zurück in die Lebensfremde, und es war ihr, als müsse sie den ganzen mühevollen Weg, der doch schon hinter ihr lag, noch einmal gehen. Kniefällig, ratlos, unbeholfen. Das ganze schwere Leben noch einmal von vorn.

ZACHARIAS WERNER *als Zwischenrufer im Publikum* Wie geht man denn kniefällig, bitte sehr?

SYLVIA KESSEL *liest nach kurzem Stocken weiter* Noch einmal von vorn. Und diesmal sehr viel früher ermüdet als beim ersten Mal. Im wesentlichen die Irrtümer des ersten Wegs wiederholend. Denn niemanden hat je seine Freiheit, hat je das Recht, seine freie Wahl zu treffen, davor bewahrt, auf seinem Weg zwanghaft immer wieder dem Irrtum, dem Scheitern und dem Schmerz zu begegnen. Nichts anderes gibt es unter der Herrschaft der Zeit als Irrtum, Scheitern und Schmerz.

ZACHARIAS WERNER Und die Sonne, Frau Kessel? Und die Chrysanthemen? Und die türkischen Dampfbäder? Gibt es die etwa nicht?

SYLVIA KESSEL Möchten Sie, daß ich Ihnen zuliebe ein paar Einschränkungen mache?

ZACHARIAS WERNER Geben Sie eine ehrliche Antwort!

SYLVIA KESSEL Ich glaube, ich habe versucht, von ein paar absoluten Dingen zu sprechen. Wünschen Sie, daß ich sie um einige Kleinigkeiten ergänze? Was sollte ich noch hinzufügen?

ZACHARIAS WERNER Tun Sie nicht so absolut. Dann bin ich weniger relativ.

SYLVIA KESSEL Darf ich jetzt weiterlesen?

Gegen zehn Uhr wie an jedem Freitagabend betrat Mildred die Bar am Silberstreif, in der ihre Freundin Juliane seit einem halben Jahr als Schankfrau aushalf. Mildred kam vom Einkaufen, sie trug eine prall gefüllte Einkaufstüte aus umweltfreundlichem dünnen Packpapier vor dem Bauch, hielt sie fest umarmt und suchte, erschöpft, aufgelöst, nach einem Platz, wo sie ihre Fracht abstellen konnte. Im selben Augenblick erhob sich ein angetrunkener Greis mit Panamahut von seinem Barhocker, beugte sich über den Tresen, O-beinig, mit wackligen Knien, verdrehten Füßen, stand schief auf dem Barhockerring und versuchte die Schankfrau zu küssen, als sie gerade sein Glas wieder füllen wollte. Juliane drehte ihr Kinn aus dem Atem des Greises und mußte scharf von der Seite peilen, um den Cognac nicht zu verschütten.

ZACHARIAS WERNER Gut gesehen. Gut gesagt.

SYLVIA KESSEL »Ich habe keine Kiwis bekommen«, murmelte Mildred bleich vor Entsetzen: sie hatte sie schlicht vergessen. Und sie empfing, wie erwartet, von Juliane einen tödlich abschätzigen Blick. »Ich hab's vergessen«, setzte sie nach. »Oder ich hab keine bekommen. Mein Gott, ich weiß es nicht mehr. Ist das so wichtig? Du siehst doch, ich bin vollbepackt bis oben hin. Soll ich etwa mit der Tüte vorm Bauch noch mal losrennen und mir irgendwo Kiwis reinstopfen lassen?«

»Ja«, antwortete Juliane kurz und gnadenlos. Es genügte ein weiterer eiskalter Blick, und Mildred gehorchte. Sie, die Erschöpfte, zog wieder los, ohne zu protestieren, ohne den leisesten Fluch auf den Lippen.

Rezeption (I)

Empfangshalle im Hotel Confidence.

EMPFANGSCHEF *nimmt den Telefonhörer ab* Hotel Confidence. Philipp Rinacher. Herzlich willkommen. Was kann ich für Sie tun? ... Halt die Klappe ... Laß mich in Frieden ... Ruf mich nicht auf dieser line an ... Jochen ... Nicht auf dieser line ... Hast du mich verstanden? ... Jochen ... Nein ... Vielleicht ... *ein zweites Telefon surrt* Nicht auf dieser line ... Wieso? ... Das kannst du tun. Meinetwegen ... Aber nicht auf dieser line ... Du ... Shut up.

Ruhezone mit Couchgarnitur.
Ein Ehepaar, sie auf dem Ledersofa, hinter ihr stehend der Mann, ihre ausgestreckte Hand haltend.
Etwas entfernt in einem Fauteuil der Leser, der über Brillen- und Buchrand hinweg die beiden beobachtet.

HERR SCHILL Ich mache dir einen Vorschlag. Du wartest noch eine knappe Stunde im Hotel.

EMPFANGSCHEF Herr Schill?

HERR SCHILL *wehrt den Rufer mit der Hand ab* Dann nimmst du dir ein Taxi. Narbonnerstraße achtundvierzig. Du läßt mich aus der Sitzung rufen, wir essen etwas zusammen –

FRAU SCHILL Geh bitte.

HERR SCHILL Mach mir doch kein schlechtes Gewissen.

FRAU SCHILL *plötzlich im seitlichen Ausfall zum Leser*
Sie lesen ja gar nicht. Sie blinzeln über den Buchrand wie ein Privatdetektiv.

DER LESER Darf ich Ihnen etwas verraten? Ich bin der privateste aller Privatdetektive ...

HERR SCHILL Morgen sind wir wieder in Mailand.
Du liebst Mailand.

FRAU SCHILL Ich liebe Mailand.
HERR SCHILL Mach mir doch kein schlechtes Gewissen.
FRAU SCHILL Geh bitte.

Er küßt ihre Hand, verschwindet rasch. Nach einer Pause …

DER LESER Sehen Sie: da spielen wir tödliche Umgarnung, Mann und Frau, und ahnen gar nicht, daß sich der Blick des Zuschauers bereits auf unsere Schuhsohlen heftet. Unser ganzes Drama, meine Verehrte, läuft letzten Endes auf einen Werbeclip für das passende Schuhwerk hinaus, das sich jedem empfiehlt, der in aussichtsloser Lage gutbesohlt davonkommen möchte.

An die Rezeption ist der Verkaufsleiter getreten.

FRAU SCHILL Ich werde von Lounge zu Lounge rund um die Welt immer aufs gleiche Sofa gesetzt. Das hat mit dem, wovon die Menschheit träumt, nicht viel zu tun. Es erinnert eher an Möbelrücken. Es gibt Tische, die schweben, und es gibt Tische, die rückt man hin und her. Mehr ist zu mir als Hauptfigur in meinem Drama nicht zu sagen.

DER VERKAUFSLEITER Ich hatte hier bei Ihnen vor einem knappen halben Jahr eine Präsentation.
DER EMPFANGSCHEF Ich habe Sie akustisch nicht verstanden.
DER VERKAUFSLEITER Ich hatte hier vor einem halben Jahr eine Präsentation. Ich führte einen Wasserenthärter vor. Ein Entkalkungsgerät.
DER EMPFANGSCHEF O Gott.
DER VERKAUFSLEITER Ich hatte achtundsiebzig Vertreter vor mir, keiner glaubte an das Gerät. Es muß in Salon neun gewesen sein. Oder sieben?

Heute gibt's die Firma nicht mehr. Diese Dinger funktionieren oft nicht so, wie sie funktionieren sollten. Manchmal funktionieren sie, manchmal funktionieren sie überhaupt nicht. Für mich war's letzten Endes ein bombastischer Fehlschlag. Aber in Salon sieben, da hab ich die Burschen gekriegt, da standen sie zum Schluß wie ein Mann hinter dem Gerät. Was gibt's da heute abend?

Der Empfangschef In der Sieben … lassen Sie mich nachsehen … heute abend … Eine Dichterlesung.

Der Verkaufsleiter Dichterlesung. Sieh an. So geht das weiter. Fortbildung für alle. Die eine Hälfte der Menschheit besucht Kurse, die andere hält Kurse ab. Man versteht das ja, die Sucht, hinter die Dinge zu kommen –

Ein Gast *tritt hinzu* Zimmer hundertsiebzehn bitte.

Der Verkaufsleiter Unser Leben wird ja immer nüchterner, immer maschineller, immer liebloser, aber wie's innerlich weitergeht –

Der Gast Unsinn.

Der Verkaufsleiter Aber ja, man lebt immer gröber, immer schneller.

Der Gast Stimmt doch gar nicht.

Der Verkaufsleiter Stimmt nicht? Von wegen.
Das Leben äußerlich läuft immer schneller ab.

Der Gast Wie kommen Sie darauf?

Der Verkaufsleiter Ohne Sinn für das Woher, ohne Sinn für das Wohin: das sind wir.

Der Gast Moment! Wie bitte? Langsam. Nun halten Sie aber an sich.

Der Verkaufsleiter Habe ich was Falsches gesagt? Warum greifen Sie mich an?

Der Gast *läßt den Zimmerschlüssel in der Hand hüpfen* Bei mir zu Hause ist es so: ich packe mal wieder die Koffer. Sie, meine Frau, packt ihr neues Versandhauspaket aus. Sie bekommt jeden Tag eins. Manchmal zwei. Sie müßten unser Bücherregal sehen: eine Bibliothek von Versandhauskatalogen.

Der Empfangschef Wenn das erst mal einreißt.

Der Gast Sag ich doch. Es darf gar nicht erst losgehen. Es darf gar nicht erst einreißen. Wenn das erst mal einreißt, dann halten Sie's nicht mehr auf.

In der Garderobe

ZACHARIAS WERNER *in der Tür* Darf ich?

SYLVIA KESSEL Warum haben Sie gestört?

ZACHARIAS WERNER Ich störe?

SYLVIA KESSEL Warum haben Sie meine Lesung gestört? Ich mußte mich wehren. Ich wehre mich aber nicht. Kommen Sie rein, Sie verwachsenes Männlein. Machen Sie die Tür hinter sich zu. Sie sind ein Arschloch. Das sind Sie. Ein Klappstuhl von Mensch. Das sind Sie.

ZACHARIAS WERNER Ich leide unter einem Syndrom. Inmitten einer bestimmten Menge von stummen Menschen muß ich etwas sagen. Ich fühle mich unwiderstehlich gezwungen, einen Zwischenruf abzugeben.

SYLVIA KESSEL Gehen Sie zum Arzt. Besuchen Sie keine öffentlichen Lesungen. Quatschen Sie anderswo auch dazwischen?

ZACHARIAS WERNER Ja. Ein Defekt. Ich muß laut werden. Ich muß irgendeinen Laut von mir geben, wenn ich im Publikum sitze. Es war nicht bös gemeint.

SYLVIA KESSEL Ich gehe auch noch darauf ein. Ich laß mich ein auf Sie. Mir fehlen die Worte. Ich komme aus dem Rhythmus. Ich lese wie Röschen. Sie haben mir den ganzen Abend verhagelt.

ZACHARIAS WERNER Der große Strauß auf Ihrem Tisch, lassen Sie mich raten, Dieffenbach oder Albert Brigg.

SYLVIA KESSEL Brigg.

ZACHARIAS WERNER Hm. Er war übrigens nicht auf Ihrer Lesung. Und selber liest der Großverleger nichts. Er kauft nur ein. Der Reihe nach.

SYLVIA KESSEL Was geht Sie das an?

ZACHARIAS WERNER Haben Sie schon tiefer in den Strauß geblickt? Ich meine: reingefaßt? Da liegt bestimmt noch ein Osterei versteckt.

SYLVIA KESSEL Wie sieht er aus? Sie kennen ihn.

ZACHARIAS WERNER Brigg? Wie sieht er aus.

SYLVIA KESSEL Am Telefon hat er eine verdammt kitzlige Stimme. *Sie holt einen Umschlag mit Scheck aus dem Blumenstrauß.*

ZACHARIAS WERNER Wie sieht er aus. Wie ein Kamel, das sich erfolgreich durch ein Nadelöhr gezwängt hat.

SYLVIA KESSEL Fünftausend Euro! Ein Scheck! Ich sink ins Bodenlose ...

ZACHARIAS WERNER Es haben schon dickere Ostereier in Briggs Sträußen gesteckt.

SYLVIA KESSEL Ich kann's gebrauchen. Ich kann es weiß der Kuckuck gut gebrauchen. Lieber ein Scheck vom Konzernchef, der sich entschuldigen läßt, als Zwischenrufe vom bucklicht Männlein aus der vierten Reihe! Ich geh auch noch drauf ein, versuch charmant zu sein. Warum soll denn einer nicht kniefällig gehen?!

ZACHARIAS WERNER Ich dachte nur: vielleicht nicht an dieser Stelle. Und dann dachte ich: besser überhaupt nicht. Auf den Knien meines Herzens: Kleist. Kein Knie kommt mehr an dem Bild vorbei.

SYLVIA KESSEL Sie sind ein Rumpelstilzuchtmeister!

ZACHARIAS WERNER Ich bin doch weder ein Zwerg noch ein Krüppel.

SYLVIA KESSEL Ein Zwangszwischenrufer ist in meinen Augen ein Zwerg der krüppligsten Sorte.

ZACHARIAS WERNER Briggs Strauß kann ich natürlich nicht überbieten. Ich habe Ihnen dafür ein paar duftende Maiglöckchen mitgebracht. Ganz durchsichtig übrigens. Darin versteckt sich nur meine verrückte Verehrung für Ihre Literatur.

SYLVIA KESSEL Ich bin gerührt. Sie verstehen zu trösten, Beckmesser.

ZACHARIAS WERNER Ich bin der Zacharias Werner.

SYLVIA KESSEL Wer? Wie? Wer?

ZACHARIAS WERNER Lachen Sie nicht. Sie wollen nicht behaupten, Sie wüßten, wer das war?

Sylvia Kessel Hej!
Zacharias Werner Der vom »24. Februar«?
Sylvia Kessel Schicksalsdrama, Schillerabklatsch, Anfang neunzehntes Jahrhundert, der sind Sie?
Zacharias Werner Sie sind eben in allem eine Ausnahme.
Ich heiße so, weil mein Vater, ein nicht ganz ungebildeter Amtsarzt namens Werner, sich einen literarischen Scherz mit einem wehrlosen Neugeborenen erlaubte.
Sylvia Kessel Zacharias Werner.
Zacharias Werner Sylvia Kessel, schenken Sie mir einen Augenblick Geduld, bevor Sie zum Signieren gehen.
Ich bin ein kleiner Einmannverlag.
Er schnallt seinen Rucksack ab.
Ich bringe nur gute und wichtige Bücher.
Ich habe sie alle bei mir.
Er breitet den Inhalt seines Rucksacks auf dem Boden aus.
Sehen Sie: Walter Pater, »Imaginäre Porträts«. Seit Jahrzehnten nirgends zu kriegen auf deutsch. Nur bei mir. Jacques Lacarrière, »Die Gottestrunkenen«. Über Wüsten-, Baum- und Grottenheilige in der Thebais. Kriegen Sie nur bei mir. Eleonore Murfolk, irische Katholikin. Steht turmhoch über allem, was man hierzulande zur Frauenliteratur zählt. Mit Ausnahme von Sylvia Kessel. Ich renne mir seit Jahren die Hacken ab für diese Frau, aber sehen Sie: irische Katholikin, IRA-Sympathisantin, 25 Jahre alt, ein dünner Erzählungsband, Joyce-Niveau: damit machen Sie heute keinen Stich.
Ich habe sie entdeckt, ich. Und Albert Brigg, dieser seifige Tycoon, kauft mir ihren ersten Roman für hunderttausend Euro weg. Das tut weh. Glauben Sie mir.
Wenn er nicht schon eine zerquetschte Fresse hätte, würde ich ihm eine besorgen. Bei mir gibt's nur gute Bücher. Hier mein heimlicher Bestseller: unveröffentlichte Briefe von C. G. Jung.
Sylvia Kessel Wieviel?
Zacharias Werner Siebenhundertzehn. Real verkaufte.

SYLVIA KESSEL Das wären bei Brigg wahrscheinlich zwei- bis dreitausend geworden.
ZACHARIAS WERNER Nie im Leben.
SYLVIA KESSEL Wenig Literatur in Ihrem Programm. Nicht ein Roman.
ZACHARIAS WERNER Machen Sie den Anfang.
SYLVIA KESSEL Ha! Das muß ich meinem Agenten erzählen!
ZACHARIAS WERNER Sie hatten doch Erfolg mit Ihrem ersten Buch. Wieviel?
SYLVIA KESSEL »Ecksteine« liegen im Hardcover bei fünfunddreißigtausend.
ZACHARIAS WERNER Mit dem neuen wird's etwas schwieriger.
SYLVIA KESSEL Sie werden sich wundern. Ich zerschlage die Legende vom schwachen zweiten Buch. Ich stell die Regel auf den Kopf.
ZACHARIAS WERNER Nicht, wenn Sie zu Albert Brigg gehen.
SYLVIA KESSEL Ich gehe jeweils zum Meistbietenden.
ZACHARIAS WERNER Das würde ich Ihnen nicht empfehlen. Ihre Bücher sind dann über viele Verlage verteilt und niemand wird sich später um Ihr Werk kümmern.
Brauchen Sie denn unbedingt Geld?
SYLVIA KESSEL Noch arbeite ich halbtags in einem Fahrradladen. Aber die Zeit wird mir knapp.
ZACHARIAS WERNER Ich werde dafür sorgen, daß Sie in Ruhe an Ihrem Buch arbeiten können. Die großen Verlagshäuser kümmern sich nur um das Gutverkäufliche. Ein, zwei Bücher bringen sie groß heraus, für das dritte – Sie haben Feinde unterdessen, Sie gefallen nicht mehr, man greift Sie an – finden Sie die Anzeige im Herbstkatalog schon auf den letzten Seiten. Ich bin nur ein kleiner Einmannverlag. In dem da *weist auf die Bücher, sammelt sie wieder ein* steckt bereits eine Anleihe auf meine Lebensversicherung, eine großzügige Spende meiner ersten Frau und selbstverständlich der Verzicht auf alle persönlichen Einkünfte. Ich selber lebe von Nebenherarbeit wie Sie. Eines aber kann ich aufrichtig versprechen: Sie sind

meine Autorin. Ich werde mich mit ganzer Kraft für Ihr Werk einsetzen. Die Kunsthistoriker und Psychologen, die ich sonst verlege, bedürfen keiner weiteren Unterstützung. Ich besitze den tiefsten Glauben an Ihre Dichtung. Ich werde ihr dienen, sobald Sie es mir erlauben.

Rezeption (II)

Von links kommen Besucher der Dichterlesung, bleiben am Bücherstand stehen, an dem die Autorin später signieren wird, oder sie begeben sich nach rechts zur Rezeption und zum Hotelausgang.

EIN ÄLTERER MANN Eine so kleine Frau, eine so unbedarfte Person, und schreibt ein so brillantes Buch. Fast ein junges Mädchen noch und schreibt ein Buch, in dem fast alles vorkommt, was uns heute auf den Nägeln brennt. Die ganze große Gegenwart! Ein einziges Inferno!

SEINE FRAU Ich finde nur, sie hat nicht das beste Kapitel vorgelesen. Ich kenne ja ihr erstes Buch. Ich sage dir, die zieht noch ganz andere Saiten auf. Du wirst dich wundern.

EIN ÄLTERER MANN Ich kaufe zwei Exemplare zum Signieren.
Diese jungen Leute sind fabelhaft. Können.
Glänzende Begabungen. Hochbegabte sind sie.

EIN ANDERER BESUCHER Ein Autor muß seinen Leser dort abholen, wo er steht. Oder sitzt.
Ich habe das Gefühl, Sylvia Kessel hat mich schnöde sitzenlassen.

SEINE BEGLEITERIN Ich habe eine Scheißwut auf sie. Ich könnte ihr ins Gesicht schreien. Ich lese sie und ich hasse sie.

In einem Pulk von nach rechts abgehenden Besuchern tanzt, einen Bären nachahmend, ein junger Mann.

BUNTER JUNGE Hi, Philipp! Schatz ...!

DER EMPFANGSCHEF *leise* Jochen ... O Gott ...

BUNTER JUNGE Hallo, Liebling. Wie läuft's denn? Ich weiß, ich weiß: alles läuft wie am Schnürchen. Wie am Schnürchen. Aber so ein feines kleines Schnürchen kann sich schnell zum

dicken Strick verdrehen, an dem ein bunter Junge leblos baumelt. Ach ach ach. Wie kam er nur, wie kam er nur? Wie kam der Braunbär in den Kassenraum?!
Er geht mit den anderen nach rechts ab.

EIN SKEPTIKER Kein Mensch ist letztlich aus einem Guß. Nehmen Sie mich zum Beispiel. Ich bin Skeptiker. Beruflich. Privat. Durch und durch. Aber Sie – Sie könnten mit e i n e m Kuß wie auf Knopfdruck den Skeptiker zum Einfaltspinsel machen.

DIE BEGLEITERIN Das bringt das Leben so mit sich.

EIN SKEPTIKER Nicht jedes. Nicht überall und unbedingt.

DIE UNRUHIGE Ich möchte mich umziehen, Bruder. Sofort. Auf der Stelle.

DER BRUDER Hast du etwas zum Wechseln dabei?

DIE UNRUHIGE Frag die Brünette dort. Die trägt in etwa meine Größe. Ich reiß mir sonst das Kleid vom Leib. Ich ersticke. Schnell. Hilf mir.

DER BRUDER *geht zur Brünetten* Entschuldigen Sie, meine Schwester ... Es ist ein Notfall. Meiner Schwester schwebt vor – sehen Sie, sie trägt ein sehr teures, schönes Kleid, aber sie fühlt sich nicht wohl darin. Könnten Sie sich entschließen, die Kleider mit ihr zu tauschen?

DIE BRÜNETTE Was mir am Leib hängt, kann sie gerne haben. Wenn ich bekomme, was Ihre Schwester trägt, hab ich die Nase vorn.

DER BRUDER Sie brauchen es ihr nicht zurückzugeben.

DIE BRÜNETTE *zur Unruhigen* Gehen wir?

DIE UNRUHIGE O das ist lieb. Ich danke Ihnen.

Die Schar der Besucher gruppiert sich um den Signiertisch.

EIN BESUCHER *zu seinem Freund* Achtung! Heike mit ihren Sachen ... Selbstgemachter Schmuck, selbst präsentiert und selbst auf den Rohling gebrannt. Die Blonde ist es, die bei halber Drehung des Oberkörpers mit beiden Händen zur

Hängetasche greift – wie kann ein Mensch so schräg an sich herabsehen! – und aus der Tasche ihr flaches Video lüpft, die komplette Kollektion. Da! Sie schiebt die Scheibe heimlich in die Jackentaschen von Männern, die harmlos herumstehen. Sie schiebt die Scheibe unter die Servietten ihrer Tischnachbarn. Schiebt sie zwischen die Zeitungsseiten im Frühstücksraum, durch die Türschlitze der Hotelzimmer. Ah, wie das gleitet! Wie geschmeidig sie's gleiten läßt! Wie andere stehlen, so steckt sie zu!

Heike spricht mit dem Empfangschef.

DER EMPFANGSCHEF Unser Chef vom Design läßt Sie schön grüßen. Ich soll Ihnen ausrichten: leider hat er gegenwärtig Einkaufssperre ... *Er sieht sich unruhig um.* Heute morgen erhielten wir die erste Bombendrohung in diesem Jahr.

HEIKE Ich halte Sie nicht länger auf. *Schiebt ihm die CD zu.* Ich bin sicher, Sie werden begeistert sein. Meine Kollektion darf in Ihren Vitrinen nicht fehlen.

DER EMPFANGSCHEF Kümmern Sie sich um meine Bombendrohung, ich kümmere mich um Ihren Schmuck. Ich habe einen Haufen Probleme, verstehen Sie. Das ist hier ein Scheißladen. Ein Scheißladen ist das Ganze hier.

Ein livrierter Junge ist höflich an Heikes Seite getreten und flüstert ihr etwas zu. Die vordere Zone mit dem Leser und Frau Schill wird hell.

DER LESER Und plötzlich wird es mäuschenstill. Nur ein kleines Flüstern ist noch zu hören. Das ist der artige Boy, der dich diskret beiseite nimmt, gerade wenn du einen Gipfel deiner Entschlossenheit, deiner Geschäftigkeit, deiner Selbstdarstellung erreicht hast. Er flüstert dir eine kurze grausame Nachricht ins Ohr. Worauf du auf der Stelle abbrichst, deine Haltung änderst, die Serviette neben den Teller legst oder den Haarreif vom Kopf nimmst, dich langsam erhebst, ein wenig verbeugst zu deinem Begleiter, um kurz

darauf dem kleinen Saaldiener ohne jedes Widerstreben zu folgen.
FRAU SCHILL Die Blonde und der Boy in schwarzem Dress?
DER LESER Nun, sie wird noch einmal um Aufschub betteln.

Auftritt von Sylvia Kessel mit ihren Blumensträußen.

Die Vorauswahl

Eine Art Vorraum oder Flur der Confidence-Veranstaltungs AG, im Hintergrund Bürotüren. Links vorn Zacharias Werner an einem kleinen Tisch mit Notizbuch und Namenslisten. In der Mitte der behelfsmäßige Aufbau eines Küchenregals über einer Küchenplatte. Alle Borde des Regals leer, nur auf dem obersten steht am Rand ein Glas mit Wasser. Auftritt der Bewerberinnen von rechts, sobald Zacharias Werner von seinem Tisch ein Signal, elektronischer Musikfetzen, auslöst.

DIE ERSTE BEWERBERIN Tach.
ZACHARIAS WERNER *betrachtet sie aufmerksam* Guten Tag.
DIE ERSTE BEWERBERIN Und?
ZACHARIAS WERNER Heben Sie das Glas dort oben mit der rechten Hand an und holen Sie es langsam herunter.
DIE ERSTE BEWERBERIN Ich bin Linkshänderin.
ZACHARIAS WERNER Mit der rechten, bitte.
Die erste Bewerberin stützt sich mit der linken Hand auf die Küchenplatte, reckt sich, langt nach oben.
ZACHARIAS WERNER Einen Moment so bleiben, bitte.
DIE ERSTE BEWERBERIN Ich habe das Glas aber schon.
ZACHARIAS WERNER Bleiben Sie so.
Er macht sich Notizen, in denen er die Gestalt der sich reckenden Frau festhält.
Danke. Lassen Sie das Glas oben stehen.
Das war's schon. Sie bekommen Nachricht von uns.

Melodie. Die zweite Bewerberin tritt auf.

DIE ZWEITE BEWERBERIN Worum geht's?
ZACHARIAS WERNER Sie stellen sich vor die Tischplatte. Andersherum. Mit dem Rücken zum Betrachter. Sie beugen sich vor,

sie drücken den Unterleib gegen die Kante der Tischplatte, sie langen hinauf, Sie heben das Glas Wasser vom obersten Bord.

DIE ZWEITE BEWERBERIN Das ist alles? Dann hab ich's geschafft?

ZACHARIAS WERNER Sie sind in die erste Vorauswahl gekommen. Dies hier ist die erste Vorauswahl, das wissen Sie?

DIE ZWEITE BEWERBERIN Schon gut.

ZACHARIAS WERNER Sie müssen sich so hinstellen, daß Sie mit dem Unterbauch die Platte berühren.

DIE ZWEITE BEWERBERIN Ach so. Ich dachte. Guddi.

ZACHARIAS WERNER Langen Sie aus, ohne sich zu verrenken.
Denken Sie an Ihre Figur.
Einen Moment so bleiben, bitte.
Er macht sich Notizen.
Danke. Das war's schon.

DIE ZWEITE BEWERBERIN Schon? Das war alles? Darauf war ich nicht vorbereitet. Ich dachte, Sie machen Fotos von mir.

ZACHARIAS WERNER Beim nächsten Mal, wenn Sie Glück haben. Ich bin hier nur die unterste Vorauswahl.

DIE ZWEITE BEWERBERIN Dafür hab ich zweieinhalb Stunden gewartet.

Geht ab. Melodie. Die dritte Bewerberin tritt auf.

DIE DRITTE BEWERBERIN Ich seh schon.

ZACHARIAS WERNER Heben Sie das Glas da oben –

DIE DRITTE BEWERBERIN Alles klar. Ich hab's im Blick.

ZACHARIAS WERNER Möglichst ohne das Wasser zu verschütten.
Langen Sie nach oben. Springen Sie nicht.
Denken Sie an Ihre Figur.

DIE DRITTE BEWERBERIN Ich fürchte, ich bin zu klein.
Ein Bord tiefer das Glas?
Dann schaff ich's leicht.

ZACHARIAS WERNER Leicht ist schlecht.
Sie sollen langen.

DIE DRITTE BEWERBERIN Ich bin diese extreme Zwischengröße.

Wird wohl nichts.
Vielleicht versuch ich's mal auf Zehenspitzen.
Sieht nicht aus, wie?
ZACHARIAS WERNER Tut mir leid.
DIE DRITTE BEWERBERIN Na dann, ein andermal.

Geht ab. Melodie. Die nächste tritt auf.

ZACHARIAS WERNER Ziehen Sie sich bitte nicht aus.
DIE VIERTE BEWERBERIN Nicht? Ich dachte.
Wenigstens die Strümpfe.
ZACHARIAS WERNER Die Strümpfe auch nicht.
Langen Sie nach dem Glas dort oben.
Strecken Sie sich aus, ohne sich zu verrenken.
Denken Sie an Ihre Figur.
DIE VIERTE BEWERBERIN Kein Thema.
ZACHARIAS WERNER Bleiben Sie so.
Danke. Ich hab's gesehen.
Sie bekommen eine Nachricht.

Die vierte Bewerberin geht ab. Melodie. Die nächste.

DIE FÜNFTE BEWERBERIN Guten Tag. Ich bin die Ina Schmölling-Knecht. Dreiundzwanzig Jahre alt, gelernte Kauffrau. Was kann ich für Sie tun?
ZACHARIAS WERNER Sie langen bitte mit dem rechten Arm nach dem Glas dort oben. Sie drücken dabei Ihren Unterleib fest gegen die Küchenplatte. Sie heben das Glas an, möglichst ohne etwas zu verschütten.
DIE FÜNFTE BEWERBERIN Und dann?
ZACHARIAS WERNER Das ist alles.
DIE FÜNFTE BEWERBERIN Wann fange ich an?
ZACHARIAS WERNER Sie könnten es schon hinter sich haben.
DIE FÜNFTE BEWERBERIN Ich brauch leider immer etwas länger. Ich muß mir die Situation erst vor Augen führen.

ZACHARIAS WERNER Vielleicht kommen Sie zu dem Ergebnis, daß Sie besser Ihre Lederjacke ausziehen. Sie könnte Sie daran hindern, den Arm ganz auszustrecken.

DIE FÜNFTE BEWERBERIN Geht auch so.

Nee. Doch nicht.

Komm gar nicht bis ran.

Legt die Jacke ab.

Aber was ist, wenn ich letztlich überhaupt nicht bis ran komme?

ZACHARIAS WERNER Das sieht mir nicht so aus bei Ihnen.

DIE FÜNFTE BEWERBERIN Ich hab 'ne leichte Versteifung in der oberen Wirbelsäule. Das ist der Punkt.

ZACHARIAS WERNER Ich denke, Sie schaffen es.

DIE FÜNFTE BEWERBERIN *versucht es erneut* Also ... runterschmeißen ... das ginge grad noch ...

ZACHARIAS WERNER Nicht runterschmeißen!

DIE FÜNFTE BEWERBERIN Ich schaff's nicht.

ZACHARIAS WERNER Bleiben Sie so.

DIE FÜNFTE BEWERBERIN Sehen Sie?

Der rechte Schultermuskel zieht nicht mit.

Da ist noch Reserve drin.

ZACHARIAS WERNER Danke. Es genügt.

Es kommt nicht mehr drauf an.

DIE FÜNFTE BEWERBERIN War nicht mein Tag heute. Ich renn ja viel herum. Probier 'ne Menge aus. Stell mich hier mal vor, bewerb mich dort. Ich renne wie ein Wiesel. Mach ich eigentlich ganz gern. Ich interessier mich für Situationen. Ständig was Neues. Macht mir Spaß. Auch wenn ich schon von vorneherein weiß, daß ich keine Chance habe. Ich glaube, das heißeste Thema überhaupt ist die Autosuggestion. Die Selbsttäuschung. Und vor allem Umrißvergrößerung. Wie beim Pfau. Ich pump mich jedesmal auf, so'n Ballon, wenn ich irgendwo ins Abwimmelbüro reinkomme, man brauchte mir nur einen Pikser zu geben, und die heiße Luft zischt ab. Macht aber keiner. Ich kann nicht mal eine einzige Fremdsprache perfekt.

Trotzdem. Dabeisein hält frisch. Ich weiß nicht mal, wohin das Schiff hier abdreht bei Ihnen. Worum ging's eigentlich?

ZACHARIAS WERNER Ich bin hier nur die unterste Vorauswahl für das Confidence-Modelstudio.

DIE FÜNFTE BEWERBERIN Confidence heißt doch das Hotel hier?

ZACHARIAS WERNER Das Hotel gehört zur Confidence-Gruppe. Wir gehören zur Confidence-Veranstaltungs AG. Und dazu gehören wiederum verschiedenen Agenturen, Beautyshops, Fitneßstudios …

DIE FÜNFTE BEWERBERIN Mein Vater, das ist ja der, der die Healthfoodkette in Deutschland aufgezogen hat – mein Vater hat immer zu mir gesagt: erstick bloß nicht an deinem Geld. Mach was. Nimm irgendeinen Job, arbeite, steck dein Geld in echte Kulturwerte. Mach dir einen guten Namen mit dem vielen Geld. Unterstütz begabte Maler, freie Gruppen, Tanztheater.

ZACHARIAS WERNER Mit anderen Worten … Kulturwerte … wenn ich Sie richtig verstehe –

DIE FÜNFTE BEWERBERIN Es ist für mich verdammt heikel, die richtigen Leute zu treffen.

ZACHARIAS WERNER Ich glaube fast: das ist Ihnen soeben passiert!
Im Hintergrund öffnet sich eine der Bürotüren.
Ich könnte Ihnen behilflich sein … Ina.
Ich kann jetzt nicht darüber sprechen. Warten Sie!
Sie bekommen sehr bald Nachricht von mir. Sehr bald.
Ich melde mich. Spätestens nächste Woche.
Er steht auf, hilft ihr in die Lederjacke.

DIE FÜNFTE BEWERBERIN Na dann. Schönen Tag noch.

EINE ANGESTELLTE *den Boden absuchend, zu Zacharias Werner* Ist dir schon mal aufgefallen, was bei uns alles auf dem Boden liegenbleibt? Ich weiß gar nicht, wann hier das letzte Mal richtig saubergemacht wurde in unseren Büros.

ZACHARIAS WERNER *ißt ein Pausenbrot* Ich komme so gut wie nie in eure Büros.

EINE ANGESTELLTE Also das mit den ständig wechselnden Reinigungsfirmen, das hat schon was Traumatisches.
Du siehst schlecht aus.
Geht's dir nicht gut?
Warst du das nicht, der mit dem aggressiven Hepatitisvirus?

ZACHARIAS WERNER Nein. Ich bin etwas erschöpft. Ich arbeite jetzt drei volle Tage in der Woche für die Agentur. Und daneben der Verlag.

EINE ANGESTELLTE Gerwins Sohn hat sich am Wochenende aufgehängt. Seine Frau hat ihn erst am Dienstag gefunden. Sie lebten ja getrennt. Das war letztlich der Grund für seinen Abgang. Überall liegen Büroklammern am Boden. Außerdem wurde ihm zum zweiten Mal der Führerschein entzogen. Hier hat heute nacht niemand geputzt. Ich schwör's dir, niemand. Er hat einen sechsseitigen Brief hinterlassen, alles pinglig geregelt. Haarklein beschrieben, wie das neue Navigationssystem in seinem BMW funktioniert.

ZACHARIAS WERNER Gerwins Sohn? Es gab doch zwei Brüder. War das der, der einen immer am Kinn packte und zudrückte? Oder der andere? Einer von den beiden hatte doch was Gewalttätiges an sich?

EINE ANGESTELLTE Heute früh kam die Nachricht: Gerwins Sohn hat sich erhängt. Ich fragte sofort: der Gefährliche? Ja, es war der Gefährliche von den beiden.

Zacharias Werner zurück hinter seinem Tisch. Melodie. Die nächste.

DIE SECHSTE BEWERBERIN *eine Verstörte; stellt ihren Katzenkorb auf die Küchenplatte* Ich heiße Rose und werde deinen Bauch eine Zeitlang bewohnen, um dann durch deine Eingeweide zu kriechen, denn ich muß mich vor den Sieben Herren verstecken, die mir nachstellen seit meiner Geburt. *Sie zieht ein endlos langes rotes Tuch aus ihrem Ärmel.*

ZACHARIAS WERNER Was machen Sie da?
Ich bitte Sie, ich bin selbst ein labiler Mensch ...

DIE SECHSTE BEWERBERIN Ich muß die Luftgeister verjagen. Sie fangen wieder an, mich zu piesacken. Sie stehlen mir den Schuh. Sie reißen mir ein Stück aus dem Kleid. Ein Stück aus dem Haar. Ein Stück aus der Wange. Ein Stück aus der Hüfte. Wissen Sie, es sind die vielen Vögel über uns. Die vielen Vögel machen mich nervös. Ich kann sie nicht flattern hören, es regt mich auf. Es macht mich selbst so flatterhaft.

ZACHARIAS WERNER Kommen Sie, wir gehen einen Augenblick an die frische Luft.

DIE SECHSTE BEWERBERIN Draußen? Nicht nach draußen! Draußen werden die Wege enger, sobald ich aus dem Haus trete. Enger, wissen Sie, immer enger und schmaler. Die Häuser rücken aufeinander zu, die Mauern wollen mich zerquetschen. Der Daumen Gottes zerknatscht mich wie eine reife Beere. Und hier drinnen ist eigentlich alles so, wie man es vom Hörensagen kennt.

ZACHARIAS WERNER *zu den Angestellten, die in ihren Bürotüren stehen* Warum hilft mir denn niemand?

DIE SECHSTE BEWERBERIN Was wollt ihr? Ja, gafft mich nur an!
Ich bin so schön, wie man nur sein kann.
Ich bin schöner, als die Natur erlaubt!
Zwei Angestellte kommen, ergreifen sie und schleppen sie samt Katzenkorb hinaus.

DIE SECHSTE BEWERBERIN Zerschlagt den Sinn! Zerschlagt die Sehnsucht! Zerschlagt die Ideen! Pancomedia ... Pancomedia!

Melodie. Die nächste.

DIE SIEBTE BEWERBERIN *zeigt auf den Katalog der Modelagentur, der auf Zacharias Werners Tisch liegt*
Ich will da-rein.

ZACHARIAS WERNER Ins Album?

DIE SIEBTE BEWERBERIN Ja.

Zacharias Werner Ich treffe hier keine Entscheidungen.

Die siebte Bewerberin Sondern?

Zacharias Werner Ich mache mir Notizen.

Die siebte Bewerberin Und dann?

Zacharias Werner Ich gebe sie weiter.

Die siebte Bewerberin Was steht in Ihren Notizen?

Zacharias Werner Mein erster Eindruck.

Die siebte Bewerberin Von mir?

Zacharias Werner Auch von Ihnen.

Die siebte Bewerberin Was hatten Sie denn für 'n Eindruck?

Zacharias Werner Das ist meine Sache.

Die siebte Bewerberin Nicht ganz. Ich sagte doch: ich will darein.

Zacharias Werner Das wollen sie alle.

Die siebte Bewerberin Ich bin nicht wie alle.

Zacharias Werner Gut. Notier ich mir. Ist nicht wie alle.

Die siebte Bewerberin Machen Sie keine Witze. Es ist mir Ernst.

Zacharias Werner Drohen Sie mir?

Die siebte Bewerberin Im Gegenteil. Ich hab mir was überlegt. Ich brächte es fertig, einen noch besseren Eindruck auf Sie zu machen.

Zacharias Werner Ich brauche nur den ersten. Aber ich notier mir, was Sie gesagt haben.

Die siebte Bewerberin Nein. Schreiben Sie nicht alles auf, was ich sage. Sie wollen mich reinlegen. Gehört doch nicht mehr zum ersten Eindruck, was ich jetzt von mir gebe, oder?

Zacharias Werner Ich werd's irgendwie zusammenfassen.

Die siebte Bewerberin Glauben Sie mir: ich komme da rein.

Zacharias Werner Ins Album? Oder ins Studio, zur Probeaufnahme?

Die siebte Bewerberin Das wäre nicht das erste Mal, daß ich mein Ziel erreiche. Mein erster Eindruck kann nicht so schlecht gewesen sein. Nicht so schlecht wie das Geseire, das wir danach abgelassen haben. Sie haben mich provoziert. Sie haben mich ausgehebelt. Sie haben mich angemobbt …! O Scheiße, ich mach's nur schlimmer. Entschuldigen Sie, ich reit mich immer tiefer rein … Helfen Sie mir doch! *Zacharias Werner geht zu ihr, führt sie nach rechts zum Ausgang.* Ich hab nichts gesagt, nein? Versprichst du mir das? Kein Wort hab ich gesagt …Vergiß alles! Ich stell mich noch mal hinten an. Ich bin ganz sicher, ich hab mich noch immer auf meinen ersten Eindruck verlassen können.

Melodie. Nächste.

DIE ACHTE BEWERBERIN Abonde Weyer. Ich bin eine mittelgroße, dunkelblonde, nicht ganz … nicht ganz füllige Mittzwanzigerin, Stier-Frau … tja, was noch?

ZACHARIAS WERNER Ich seh's. Ich sehe Sie doch.

DIE ACHTE BEWERBERIN Ich weiß. Aber Sie erinnern sich besser an mich, wenn ich's auch noch über Audio bringe.

ZACHARIAS WERNER Sie stellen sich bitte vor das Regal, beugen sich über die Küchenplatte und versuchen mit der rechten Hand das Glas vom obersten Bord zu heben.

DIE ACHTE BEWERBERIN Nur heben? Anheben?

ZACHARIAS WERNER Zuerst langen Sie aus.

DIE ACHTE BEWERBERIN So?

ZACHARIAS WERNER Nach oben. Zum Glas.

DIE ACHTE BEWERBERIN So?

ZACHARIAS WERNER Bitte nicht fragen. Tun.

DIE ACHTE BEWERBERIN *langt nach dem Glas* Ich komm mir irgendwie komisch vor. Ich hab kein gutes Gefühl. Ich weiß nicht, wollt ihr mich verscheißern, oder was habt ihr mit mir vor?

ZACHARIAS WERNER Bei dir stimmt alles, Abonde. Alles Stimmt. Bleib so. Du mußt nur den Mund halten. Danke. Das war's. Du bekommst sicher bald Nachricht von uns.

Die achte Bewerberin geht ab. Melodie. Die nächste.

DIE NEUNTE BEWERBERIN Guten Tag. Mein Name ist Eva Maria Brandstätter.

ZACHARIAS WERNER Effie!

DIE NEUNTE BEWERBERIN Ich dachte, du säßest längst im Knast. Du hast doch sicher nicht nur mich bestohlen. Wieviel Honorar hast du inzwischen deinen Autoren unterschlagen? Fünfzig-, achtzigtausend? Und die Schulden bei den Frauen? Mindestens noch mal das Doppelte. Ich dachte, die hätten längst mit dir abgerechnet? Statt dessen lutschst du lasch an deinem Bleistift und schaust dir Weiberärsche an.

ZACHARIAS WERNER Nicht hier, Effie, ich bitte dich!

DIE NEUNTE BEWERBERIN Paß auf, mein Lieber: mich hast du noch lange nicht hinter dir. Dich finde ich immer wieder. Eines Tages wirst du deine Schulden begleichen. Ich steh dir im Weg, wo du's am wenigsten erwartest. Und irgendwann kommst du von selber angekrochen. Du wirst mich um Verzeihung bitten. Du wirst darum betteln, daß alles wieder wird, wie's mal war. Wahrscheinlich bildest du dir ein, du brauchtest nur bei mir ins Bett zu steigen, um deine Schulden abzubauen. Du wirst mit mir ins Bett wollen, nehm ich an. Aber täusch dich nicht. Ich werde dich bluten lassen, ausbluten, bis ich mein Geld zurückhabe auf Heller und Pfennig.

ZACHARIAS WERNER Wir können uns doch in Ruhe darüber verständigen, ein andermal.

DIE NEUNTE BEWERBERIN Mit Zins und Zinseszins, das schwör ich dir!

ZACHARIAS WERNER Nicht so laut. Wenn ich den Job hier verliere, kann ich dir gar nichts zurückzahlen. Ich tu doch nichts anderes. Ich arbeite, bis ich umfalle, nur damit ich dir dein Geld zurückzahlen kann.

DIE NEUNTE BEWERBERIN Dann komm. Komm mit mir. Jetzt gleich. Komm mit – und alles ist geregelt.

ZACHARIAS WERNER Das geht nicht, Effie. Ich muß arbeiten. Es ist die gerechte Strafe. Ich habe einen Roman im Herbst. Ich habe die große Nummer gezogen. Das Buch wird einschlagen wie eine Bombe. Es bringt Geld. Mehr als genug. Ich weiß, wovon ich rede. Dieses Buch wird unsere Goldgrube!

DIE NEUNTE BEWERBERIN Eigentlich bist du nur ein schäbiger kleiner Betrüger. Ein Schöngeist, ein Schwärmer, ein Kulturapostel – aber im Kern bist du schlecht. Schlecht und verdorben.
Sie wendet sich ab; an der Tür dreht sie sich noch einmal um.
Das wird der letzte Aufschub sein, den ich dir gewähre.

Die neunte Bewerberin ab. Melodie. Die nächste.

DIE ZEHNTE BEWERBERIN *die Professionelle* Hi.

ZACHARIAS WERNER Guten Morgen.

DIE ZEHNTE BEWERBERIN Sind das hier die Confidence-Studios?

ZACHARIAS WERNER Nein. Ja. Die Confidence-Vorauswahl.

DIE ZEHNTE BEWERBERIN *läßt mit einem Griff ihr Kleid fallen.*

ZACHARIAS WERNER Es ist nicht nötig ...

DIE ZEHNTE BEWERBERIN Aber ich b i n nackt.

ZACHARIAS WERNER Ich bin auch nackt. Das tragen wir alle mit uns herum.
Ziehen Sie sich bitte wieder an.

DIE ZEHNTE BEWERBERIN Ich stell mich doch nicht in Klamotten hierhin. In Kleidern mach ich grundsätzlich nichts.
Das sieht einfach nicht aus bei mir.

ZACHARIAS WERNER Ich bin nicht der Fotograf. Ich habe nur eine schriftliche Beurteilung abzugeben. Ich bin der Protokollant des ersten Eindrucks. Danach tritt die Assistentenriege des Fotografen zusammen und trifft aus meiner Vorauswahl eine etwas engere Wahl. Die ausgewählten Frauen werden zur zweiten Vorauswahl bestellt. Dann erst tritt der erste Fotograf auf den Plan. Er trifft aus der Vorauswahl der Assistenten die nächstengere Wahl. Die engere Wahl wird dann dem Cheffotografen vorgelegt. Wo er den Finger drauf setzt, das sehen sich die Werbeleute, die Investoren an. Investoren und Cheffotografen wählen zum Schluß zwei Mädchen aus dem letzten Rest, die dann zu Probeaufnahmen bestellt werden. Dabei wird die eine rausgefiltert, die dann unter Umständen wirklich ins Album kommt. Und die steht dann genau da, wo Sie jetzt stehen, und langt nach dem Glas auf dem obersten Bord. So geht das. Und so wird das immer gehen.

DIE ZEHNTE BEWERBERIN *steigt in ihr Kleid* Ich sage Ihnen was: ich bin Profi. Ich lange nach diesem Glas. Aber ich lange erst nach diesem Glas da oben, wenn ich als letzte hier stehe. Und ich stehe mit Sicherheit als letzte hier. Soviel zu mir.

ZACHARIAS WERNER Wie soll das gehen? Wenn Sie nicht ein erstes Mal nach oben langen und das Glas anheben, dann können Sie unmöglich als letzte hier nach oben langen. Da liegt die Logik begraben.

DIE ZEHNTE BEWERBERIN Denken Sie an meine Worte. Sie werden mich wiedersehen.

Die Namen

Auf einer Power Point-Projektion im Hintergrund rollt ein Block weiblicher Namen ab, von denen sprunghaft jeweils einer mit blinkendem Cursor hervorgehoben und kurz darauf gelöscht wird. Im Vordergrund auf einem Klappstuhl sitzt Heike, die unruhig auf das Blinken ihres Namens wartet. Mal plötzlich, mal zögernd sich erhebt, hinter sich die Sitzfläche festhält oder hochspringen läßt, zwei Schritte vorläuft, stoppt, halblaut liest, umkehrt, sich wieder setzt, vorgebeugt und gespannt abwartet, wieder aufspringt etc. Der Bewegungsablauf gleicht dem Verhalten eines Trainers am Rande des Fußballspiels.
Heike, eine Person, die mehr oder weniger unbeteiligt durch die Szenen zieht, mal eine Beigesellte, mal eine Vorübergehende, eine Immerwiederauftauchende, ein Motiv.

Im Fahrradladen

Sylvia Kessel in Top und Shorts, Streifen von Schmieröl auf der nackten Haut, hebt Fahrradgestelle in die Hängung, montiert Räder, gibt aus einem Schlauch Preßluft in die Reifen, setzt Ketten und Gangschaltung ein. Redet, ohne ihre Arbeit zu unterbrechen. Manchmal faßt sie mit beiden Händen in die Speichen und senkt den Kopf zwischen die ausgestreckten Arme.
Ihr Kompagnon und Freund sitzt im Hintergrund auf einer Kiste, schweigt, hebt ab und an die Schultern und läßt sie wieder sinken.

SYLVIA KESSEL Du mußtest mir also die Wahrheit sagen? War das nötig? Das ist sie also, die ganze beschissene Wahrheit. Ich habe dich machen lassen. Ich habe dich viel zu lange machen lassen. Das ist der Dank, das ist die Quittung, damit hatte ich zu rechnen. Ich sage nichts, was dich verletzen könnte. Ich sage nichts Sentimentales. Du brauchst nicht darauf zu lauern. Ich komme am Ende besser weg. Verlaß dich drauf. Ich arbeite gern hier. Das ist inzwischen mein Laden wie es dein Laden ist. Aber ich kann aufhören. Morgen schon. Was willst du? Es ist nicht mein ganzes Leben, das hier. Ich habe mein Buch fertig. Jetzt, ausgerechnet jetzt, wo mein Buch fertig ist, mußt du mir »die Wahrheit« sagen.
Na gut. Laß mich mit dem Buch allein. Ich laß dich allein mit deinem Laden. Sie kann ja nichts. Sie arbeitet nicht. Sie wird dir nicht helfen. Ich kenne diese Sorte Mädchen. Du wirst sehen, sie ist zu nichts zu gebrauchen. Mach dir keine Illusionen. Auch nicht in dem Punkt, über den ich nicht spreche mit dir. Nie gesprochen habe.
Weil es das Beste war, was wir miteinander hatten und worüber man besser nicht spricht. Aber wenn du glaubst, jetzt kommt es erst für dich, mit ihr, jetzt geht's erst richtig los,

dann sage ich dir, du wirst dich wundern. Ich weiß genau, was kommen wird. Ich kenne den Typ. Die machen nichts wirklich gut. Du merkst es nicht, noch nicht, weil du jetzt bei der ersten Luftnummer schon denkst, mein Gott, besser als alles, was ich kenne. Ich habe auch jemanden getroffen. Jemand, der sich um mein Buch kümmern will. Er sagt, er will was machen aus mir. Aber ich bin doch schon was, oder?

Verhandlungssache

In der weiträumigen Halle des Hotels Confidence, die mit wenigen gläsernen Vierkantsäulen im Art-deco-Stil gegliedert ist. Diese Säulen zeigen in den Umbaupause Lichtspiele, Menschen scheinen darin schattenhaft auf- und abzusteigen, und sie dienen auch zu verdeckten Auf- und Abtritten. Letztlich sind alle Szenen in und aus der Lounge-Situation zu entwickeln.

Zacharias Werner und die Papierfabrikantin gehen in der Halle auf und ab.

DIE PAPIERFABRIKANTIN Wir sind uns geschäftlich mehrmals sehr nahe gekommen, ohne je den letzten Schritt zu vollziehen. Finden Sie das nicht ein wenig ermüdend?

ZACHARIAS WERNER Das letzte Mal war ich bei Ihnen im Holsteinischen zu Besuch. Ich erinnere mich an unseren Gang am Meer. Auf der Krone eines Deichs unabsehbar geradeaus.

DIE PAPIERFABRIKANTIN Sie erinnern sich: plötzlich zog an mir das Meer, die Ebbe zerrte, ein Sturm kam auf und rüttelte an mir. An Ihnen nicht. Kein Halm, kein Zweiglein rührte sich, nur eng um mich, da loderte ein Wind und zog das Meer.

ZACHARIAS WERNER Sie fielen hin, Sie lagen auf dem Rücken. Ich warf mich über Sie, quer über Ihren Leib lag ich gestreckt. Allmählich wurden Sie dann ruhiger.

DIE PAPIERFABRIKANTIN Allmählich beruhigte sich die Raserei der Luft, die mich allein gepackt und niedergeworfen hatte. Das Meer war längst davon, der Sturm vergangen, und ich stand auf, ich dankte Ihnen und dachte: was für ein starker und gewissenhafter Mann, dem kannst du dich geschäftlich anvertrauen.

ZACHARIAS WERNER Und ich dachte: das war wohl nicht mehr und nicht weniger als ein epileptischer Anfall, den die Frau da hatte. Sei auf der Hut! Du hast es mit einer Epileptikerin zu tun. Es sah mir ganz so aus, als seien Sie einer inneren Schwäche erlegen.

DIE PAPIERFABRIKANTIN Schwäche? Ich bin nicht schwach. Sturm und Meer allerdings sind etwas stärker als ich.

ZACHARIAS WERNER Es gab ja keinen Sturm im engeren Sinn.

DIE PAPIERFABRIKANTIN I c h stand doch mittendrin!

ZACHARIAS WERNER Ich bin früher auch gereist, Verehrteste. Ich stand noch nie an einer Küste, wo das Meer den Menschen vom Land gezogen hätte. Und sowieso gibt's nirgends auf der Welt ein Wetter nur für e i n e n Menschen. Weder Sturm noch Hagel oder Sonnenschein.

DIE PAPIERFABRIKANTIN Sie selber haben mich zurückgerissen. Sie selber haben mit dem Element gerungen. Sie haben seine Macht am eigenen Leib gespürt. Sind Sie nicht mehr interessiert an meinem Angebot?

ZACHARIAS WERNER Mehr als neunundvierzig Prozent gebe ich nicht ab. Das bin ich meinen Autoren schuldig. Im übrigen, wenn ich das sagen darf, Ihr wertes Angebot ist nahezu identisch mit drei, vier anderen, ganz konkreten, die ich bereits ablehnen mußte.

DIE PAPIERFABRIKANTIN Aber mich – mich haben Sie aus dem Sturm gezogen!

ZACHARIAS WERNER Ich half Ihnen lediglich wieder auf die Beine, wie das ein Mann zu tun pflegt, wenn eine Dame hinfliegt.

DIE PAPIERFABRIKANTIN Hinfliegt? Ist das das richtige Wort? Überlegen Sie doch einmal, weshalb das Meer, der Sturm mich haben wollten? Und keine Gelegenheit auslassen, mich von der Erde zu verschleppen?

ZACHARIAS WERNER Was gibt's da zu überlegen? Ich glaub nicht dran.

DIE PAPIERFABRIKANTIN Sie haben übermenschliche Kräfte in Ihren Armen, Herr Werner. Doch Ihr Vorstellungsraum ist enger als ein Kaninchenstall. Ein Unternehmer wollen Sie sein? Ein Zöllner sind Sie! Bevor Sie sich neue Märkte erschließen, erschließen Sie sich erst mal neue Vorstellungsräume! … Wie unvereinbar gehen wir auseinander! Die Elemente haben Sie gespürt und räumen mir nicht den geringsten Vorzug ein! Wie traurig und wie schade.

Die Papierfabrikantin wendet sich ab, sinkt leicht zusammen, hält sich an einer Couchlehne, bis zwei Kellner kommen und sie beiseite führen. Sie bleibt an einer Säule angelehnt stehen.

ZACHARIAS WERNER *ruft die Kellner* Meine Herren … Darf ich Sie fragen: die Dame, der Sie eben behilflich waren – Sie kennen sie?

ERSTER KELLNER Oh, wir kennen sie recht gut.

ZWEITER KELLNER Wir beide kennen sie sogar sehr gut. Zusammen kennen wir sie begreiflicherweise besser als jeder allein.

ERSTER KELLNER Immer, wenn sie in der Stadt ist, kommt sie zum Abendessen ins Confidence.

ZWEITER KELLNER Man sagt, Frau Annelehn Quitzow dirigiert inzwischen ein kleines Imperium von zweiundzwanzig Betrieben der Papier- und Verlagsbranche in ganz Norddeutschland.

ERSTER KELLNER Allerdings handelt es sich meist um kleine, um nicht zu sagen sehr kleine Unternehmen. Sie druckt praktisch die gesamte Vereins- und Verbandsliteratur im norddeutschen Raum.

ZACHARIAS WERNER Haben Sie schon einmal einen ähnlichen Schwächeanfall bei ihr erlebt?

ZWEITER KELLNER Fast nach jedem Geschäftsessen. Fast ausnahmslos.

ERSTER KELLNER Es liegt aber keineswegs an der mangelnden Qualität unserer Küche.

ZACHARIAS WERNER Sondern? Woran liegt es denn?
Die beiden Kellner sprechen Zacharias Werner an, indem sie etwa dreißig Zentimeter über seine Stirn blicken, als ob sein Gesicht wie ein Ballon an die Decke stiege.

ZWEITER KELLNER An ihrer Einmaligkeit!
ZACHARIAS WERNER *greift unsicher an die Stirn* Was zum Teufel ist das Einmalige an ihr?
ERSTER KELLNER Sie ist ein Wesen.
ZWEITER KELLNER Ein Wesen, ein bestimmtes Wesen.
ERSTER KELLNER Oder ein unbestimmtes, wenn Sie so wollen.
ZWEITER KELLNER Insofern, als sie sich nicht lange mit einem normalen Menschen befassen kann, ohne von Sinnen zu kommen. Ohnmächtig zu werden.
ZACHARIAS WERNER Sie ist also krank. Ich dachte mir's.
ERSTER KELLNER Krank? Glaubst du?
ZWEITER KELLNER Nein. Sie krankt am Normalmenschen. So könnte man vielleicht sagen.
ZACHARIAS WERNER Sprechen wir offen miteinander. Würden Sie persönlich, wenn die Gelegenheit bestünde, mit diesem Wesen, wie Sie es nennen, eine weitreichende geschäftliche Verbindung eingehen?
ERSTER KELLNER Wir würden keine Sekunde zögern.
ZACHARIAS WERNER Keine Sekunde?
ZWEITER KELLNER Nein. Aber wir sind, weil Vater und Sohn, die schlechtesten Ratgeber in geschäftlichen Dingen. Da sollten Sie zwei völlig voneinander unabhängige Kerle fragen.
ZACHARIAS WERNER Ich danke Ihnen für Ihre freimütigen Auskünfte. Wenn ich es richtig sehe, hufe ich vor einer historischen Schwelle zurück. Der Handel wird heute von Kräften bestimmt, die mir völlig fremd sind …

Die beiden Kellner heben ihre Köpfe immer höher und nicken Zacharias Werner zu.

Ich bin mit meinem bescheidenen Unternehmerlatein am Ende. Im Grunde sind es drei Defizite, die kein Geschäftsmann auf sich vereinen sollte, ich aber leider Gottes auf mir vereine. Erstens: ich schätze die Lage falsch ein. Zweitens: meine Witterung versagt. Drittens: ich verliere sämtliche Anhaltspunkte. Diese Frau – korrekt: dieses Wesen verkörpert etwas abrupt Neues im modernen Wirtschaftsleben. Dieses

Wesen, kein Zweifel, wurde angesichts meiner inneren Unbeweglichkeit ohnmächtig. Seit wann bin ich denn ein stinknormaler Mensch?
Zweite Frage: gelange ich dennoch über mich hinaus? Wenn ja, wie? Mein Gott, ein Wesen, ein geschäftlich-übergeschäftliches, das gar nicht stundenlang verhandeln kann, zähe Verhandlungen nicht führen, weder tarocken noch nachtarocken kann, sondern nach zwanzig Minuten apart in Ohnmacht sinkt – das gibt den neuen Taktschlag vor für alle Branchen. Man muß in Zukunft noch früher auf alles gefaßt sein!

Mitternachtsgesellschaft

Eine hübsche Bedienung, Saaltochter mit Kraushaarperücke, Spitzenschürze auf schwarzem Minirock, balanciert ein Tablett mit Gläsern, die Flüssigkeiten in den verschiedensten Farben enthalten.
Sie nähert sich Zacharias Werner, der in Abendgarderobe verloren auf nackter Bühne steht.

SAALTOCHTER Guten Abend. Herzlich willkommen.
Wählen Sie. Jedes Glas ein Zaubertrank.
Jedes Glas ein Treffer. Niete ausgeschlossen.

ZACHARIAS WERNER Es wäre gut, wenn Sie mir behilflich wären, den Anschluß an die übrige Gesellschaft zu finden.
Wo sind die anderen?

SAALTOCHTER Ja, warten Sie ... wo sind die anderen? Die Gesellschaft hat sich anscheinend verzogen. Aber wohin? Wo habe ich den Pulk zuletzt gesehen? Es war so ein wabbliger quengliger Pulk, zusammengepfercht, ununterscheidbar, ein brauner, roter, violetter, ockergrüner Klumpen, klebriger Klumpen von Männern und Frauen und Zwischendingern, uralte Häute, weiße, verschwitzte, verschmutzte, fettige und schartige, wo war das bloß? Sehen Sie: die Gläser stehen fest. Sie wanken nicht. Aber die Getränke wanken.

ZACHARIAS WERNER Das berührt mich nicht.

SAALTOCHTER Das berührt Sie nicht?
Hej. Wer krabbelt da an meinem Bauch?
Sie holt ein kleines häutiges Monster aus ihrer Schürzentasche, öffnet die Bluse und setzt es an ihre rechte Brust.
Mein kleiner Schützling. Eufritz. Stammt aus eigenem Abfall. Ein Fötenpüppchen von mir und meinem Friedrich Immerseel. Es ist zwei Uhr früh. Eufritz verlangt nach der Brust. Entschuldigen Sie ... Nicht so wild, mein Kleiner. Du tust

mir weh. *Zu Zacharias Werner* Machen wir weiter kein Aufheben davon.

ZACHARIAS WERNER Bedienen Sie mich.

SAALTOCHTER Hej! Bedienen? Was meinen Sie?

Aus ihrer Perücke steigen blaue Staubwolken und bilden einen Nimbus um ihren Kopf.

ZACHARIAS WERNER Gut. Sie verstehen mich. Ich wollte nur sichergehen, daß ich Ihnen verständlich bin. Ich lege keinen Wert auf Bedienung. Ich nehme den kleinen Schlenker zurück.

SAALTOCHTER Also wenn ich richtig gehört habe, klang das wie Anmache. Ich könnte Sie wegen Belästigung des Personals rauswerfen lassen.

ZACHARIAS WERNER Von wem? Von wem denn hier?

SAALTOCHTER Die Herrschaften sind bestimmt nicht weit …

ZACHARIAS WERNER Es ist kein Wunder, daß ich mir eine Entgleisung leiste. Ich kann mit einer Saaltochter nicht die Gespräche führen, auf die ich innerlich vorbereitet bin. Hier, sehen Sie, ich habe eine Einladung zur Mitternachtsgesellschaft. Ich habe den brennenden Wunsch, mich zu unterhalten. Wo sind die anderen?

SAALTOCHTER Die Herrschaften? Denken Sie einmal darüber nach. Denken Sie! Klar, schnell, hartnäckig. Sie werden sehen: Sie sind gar nicht in der Lage, über die anderen nachzudenken. Sie stehen komplett ohne Umgebung da. Außer mir. Außer mir stehen Sie allein auf weiter Flur. Und da mobben Sie mich. Ausgerechnet den einzigen Menschen weit und breit, Ihr Servierfräulein.

ZACHARIAS WERNER Ich möchte mich jetzt unterhalten. Ich bin hierhergekommen in der Hoffnung, die ein oder andere geschäftliche Verbindung zu knüpfen. Aber auch sonst gäbe es manches zu sagen.

SAALTOCHTER Sagen Sie's mir. Ich bin dazu da.
Wo drückt denn der Schuh?

ZACHARIAS WERNER Ich unterhalte mich nicht mit Ihnen.

Saaltochter Warum nicht?

Zacharias Werner Sie legen jedes Wort auf die Goldwaage und wägen es so lange, bis es zweideutig wird.

Saaltochter *reißt sich die Perücke vom Kopf, das kleine Biest von der Brust und steckt beides in die Schürzentasche* Was haben Sie eigentlich vor mit mir? Was bilden Sie sich ein? Was soll das werden? Sie bringen mich dazu, hier mit eingeschränkter Berufskleidung herumzulaufen. Nur weil ich denke, ich hab wohl nicht richtig gehört, nicht alles ganz richtig verstanden mit der Zusse auf dem Kopf. Ich hab den Mann wohl nicht ganz richtig verstanden, wie?

Zacharias Werner Sie sind ein gescheites, impulsives, furchtbares Mädchen. Sie hören mir einmal gut zu. Ich weiß jetzt, daß Sie in Wirklichkeit kahlköpfig sind. Es hat mich überrascht. Es beschäftigt mich. Aber es haut mich nicht um. Verstehen Sie? Wir finden jetzt beide ganz behutsam, Schritt für Schritt, zum Ausgangspunkt unserer Unterhaltung zurück.

Saaltochter Na, das hört sich schon besser an: Unterhaltung.

Zacharias Werner Ich suche Unterhaltung. Ich brauche Unterhaltung. Aber ausschließlich aus geschäftlichen Gründen. Meinen ganzen Schwung verlier ich bei Ihnen. Mein Redestau fließt über, verpieselt, verpullert im Vorfeld.

Saaltochter Hej, hej. Achtung!

Zacharias Werner Wo sind die anderen?! Ziehen Sie Ihre Perücke auf! Suchen Sie nach unserem Ausgangspunkt. Ich suche ihn. Sie suchen ihn. Rauf mit der Perücke!

Saaltochter *kramt nach der Perücke, setzt sie wieder auf* Halten Sie Eufritz einen Augenblick.
Passen Sie auf! Er frißt sich fest.
Passen Sie auf. Der frißt sich durch bis auf Ihre Knochen.

Zacharias Werner Au! Du verdammtes Biest!
Er schmeißt es zu Boden. Eufritz frißt sich durch den Boden, verschwindet und hinterläßt einen grünen Dampf.

Saaltochter Den haben Sie auf dem Gewissen.

Die Herrschaften hatten ihn so lieb.
Alle wollten ihn streicheln.

ZACHARIAS WERNER Wo sind sie denn? Wo sind sie?!

SAALTOCHTER Wen wollen Sie treffen? Zurück zum Ausgangspunkt. Sie haben den Willkommenstrunk noch nicht gewählt. Wen wollen Sie treffen? Die himbeerrote Brühe da, wenn Sie daran nippen, dann befinden Sie sich augenblicklich in einem Club von uralten Yachtbesitzern.

ZACHARIAS WERNER O nein.

SAALTOCHTER Oder das grasgrüne Glas. Da sind Sie urplötzlich Sektenmitglied bei den Kainiten. Lauter Satanskinder, die sich nicht zu erkennen geben, bis sie dann aus heiterem Himmel zuschlagen. Die Purpurlauge da, ein Schluck, und Sie dröhnen mit lauter Apothekern auf dem Pharmafest.

ZACHARIAS WERNER Ich bin zu einem Empfang der Mitternachtsgesellschaft eingeladen.

SAALTOCHTER Es ist ja schon weit nach Mitternacht.
Die Gesellschaft können Sie sich selber wählen.
Ich geh die Gläser jetzt im einzeln durch.
Marineblau. Ruderclub mit Damen.
Honiggelb. Uralte Bienenzüchter.
Ocker. Die unsterblichen Münzensammler.
Pink. Die Innung der Gefängniswärter.

ZACHARIAS WERNER Das weiße Glas, das klare?

SAALTOCHTER Das weiße Glas, das klare. Ja, da ändert sich nicht viel für Sie. Das weiße Glas bin ich. Die Umgebung bleibt die gleiche. Sie sprechen weiterhin mit mir. Nur intensiver.

Zacharias Werner nippt schnell an einem der Gläser.

Schade. Jetzt haben Sie am himmelblauen Glas genippt. Dann kommen – *sie setzt eine Brille auf, sieht auf einem Zettel nach* – dann kommen gleich die beiden Königinnen. Zwei vorzeitliche Zukunftswesen. Agrypnia, die schlaflose Staatslenkerin, Phintys, die ausgeglühte Dichterin.

Vorher kreuzt wie jedesmal die alte Schrumpelquitte auf. Madame Proserpina. Sie ließ sich Goldfäden in die Haut weben, damit ihr die Wangen nicht sinken. Der haarige Arm ihres Mannes liegt wie ein Fuchspelz um ihren Hals, damit sie unterwegs den kalten Hades nicht vergißt ...

Die Erscheinung der Proserpina, wie beschrieben, durchquert den Raum.

Die blauen Damen!

Sie haben Greise zu Begleitern, an denen sie lehnen, um die sie sich drehen und wie auf Möbel sich stützen. Und wenn sie voreinander fürstliche Posen einnehmen, dann dienen die knöchernen Männer zum Rahmen oder Gestell. Und wenn es böse wird und heftige Worte fliegen, dann müssen die Greise sich bücken, die Majestäten trommeln mit den Fäusten auf die mageren Rippen wie auf Holztische.

Saaltochter und Zacharias Werner in den Hintergrund, wo sie die Szene zwischen Agrypnia und Phintys beobachten.

AGRYPNIA Mehr als ich ahnte, frißt an mir der leere, ausgestorbene Palast. Der weite leere Garten, in den ich morgens schleiche – ich trete hinaus in meine Rosenschande. Und auch die kahle Kuhle, in der ich einsam schlafe und mich wälze, frißt an mir. Alle Leere will mich haben, mich, die ich kinderlos blieb und heimatlos in meinem Reich. Warum bleiben neue Kämpfe aus? Es tötet mich der innere Frieden dieses Staats. Mich verläßt das Bewußtsein nicht, daß hier alles längst vorbei ist, meine Herrschaft ein verlassener Traum, alle Mauern längst entvölkert, mein Loch verlandet. Und kein Nachfolger in Sicht. Aber ich! Ich war es doch, die den Krieg gegen die Greise gewann. Ich war es, die sie in Lager pferchen, deportieren und außer Landes schleppen ließ. Die ganze nutzlos faule Brut der über Hundertjährigen, die Parasiten, die uns kahlgefressen hätten. Spottsucht und Leichtgeist habe ich ausgeräuchert. Ist das zuwenig?

PHINTYS Deine Herrschaft versinkt in faulen Riten und Festen. Dein Reich oder schon der Gedanke an ein Reich sind nicht mehr als ein Latrinentrog, darin sich Blut und Sperma, Schweiß, Urin und Erbrochenes vermengen.

AGRYPNIA Die eine gibt die Feste, die andere reißt sie schnöde herunter.
Dir zu Ehren – d e i n e Dichtung hat das ganze Land gefeiert.

PHINTYS Unsinnige Ansprachen. Maßlose Ausgaben. Schwachsinnige Vergnügungen. Du weißt, was Menschenmengen mir bedeuten. Die Reichen unterstützt du, förderst, wendest zu, und immer dort, wo es sich jemand selber leisten kann. Bezahlst noch eigens den, der tanzen geht!

AGRYPNIA *zitiert einen Vers der Phintys*
»Verhangenes Gold, dem neuer Morgen sanft entrinnt« –

PHINTYS Du liest am Morgen deine Zukunft aus dem eigenen Kot. Du zauderst überall. Befiehlst die Milizen nicht. Mißtraust deinen Vertrauten. Nicht einmal deinen Hausmeister beherrschst du. Niemandem zeigst du Stärke. Du regierst schlecht, Agrypnia. Schlecht ist der Zustand der Gemeindekassen. Die Handwerker gehen außer Landes, weil sie dort mehr verdienen. Die Schiffsbauer arbeiten nur halbtags, denn sie haben nicht genügend gutes Holz. Die Geldeinnehmer verdienen am meisten, denn sie behalten das meiste für sich. Schlecht schlecht schlecht. Die Soldaten plündern deine Garderoben und werfen deine Kleider ihren Huren zu. Das Volk pißt öffentlich auf deine seidenen Gewänder. Der Hafen verhöhnt dich, die Straßen spotten deiner.

AGRYPNIA Du übertreibst wie immer.
Was rätst du mir denn?
Rate mir doch wie früher!
Du schweigst.
Ist es meine Schuld, daß ich einem Mann nachfolgen mußte, der früh verstarb? War es mein Wille? Das Volk hat mich gezwungen. Du allein hast es mir verargt von Anfang an. Du hast dich gegen mich gestellt, als mir die Last am schwersten war. Doch niemals habe ich aufgehört, ein Zwiegespräch mit dir zu führen. Deinen unendlich schönen Versen habe ich Nacht für

Nacht mit eigenen ungekünstelt geantwortet. Und aus dem selben Mund, der diesen reinsten Klang hervorbrachte, höre ich nun die schmutzigsten Vorwürfe, die gemeinste Verurteilung. Von anderen Staaten werde ich still gemieden, von der, die ich am liebsten habe, werde ich laut und derb geschmäht. Hab ich denn gar nichts von Wert und Ansehen geschaffen?
Ich höre wenig Beifall mehr. Anders als noch vor kurzem, als ich begann, uns von der Übermacht der Greise zu befreien, das Murrzeug fortzuschaffen, auszulöschen. Ich weiß, ich spiel noch immer mit den Steinen eines Fundaments. Nichts, was ich bis jetzt beschloß und durchgesetzt, kann man eigentlich begründen, setzen, bauen nennen. Du und ich. Macht und Wort. D i e Majestäten müssen einig sein, erst dann beginnt der lang ersehnte Aufstieg.

PHINTYS Man kann die Geräusche in den Straßen der Nacht nicht fein genug unterscheiden. Niemand weiß, wie weit die friedliche Menge reicht und wo die wilde Unmenge beginnt, die uns eines Tages vernichten wird.

AGRYPNIA Wir haben den Zyniker zum Orphiker bekehrt.
Wir haben das Unvordenkliche ausgesöhnt mit dem Geist unserer Tage.
Wir haben Seele und Klugheit wiedervereint.
Wir haben den Formlosen neue Gestalt verliehen.

PHINTYS Die neue Generation trüge besser die Maske der alten auf ihrem Gesicht – um die entsetzliche Kahlheit ihrer Augen zu verbergen.
Ein Greis, auf dessen gebeugten Rücken Phintys ihre Hände wie auf ein Rednerpult stützte, bricht zusammen.

AGRYPNIA Da! ... Ein Greislein deportabel.
Ein Greis vom Schenkel bis zum Zagel.
Komm, Mädchen, bring ihn fort.
Er ist zu nichts mehr nütze.
Die Saaltochter kommt, der Greis umfaßt ihr rechtes Fußgelenk und wird von ihr über die Bühne geschleift.
Du solltest sie sehen, diese Sauger und Zehrer unserer Jugend,

nachts in ihren Lagern, wenn sie der Länge nach am Boden liegen, über Treppen, Zimmer, Flure hin, und jeder umklammert das Fußgelenk des andern, denn sie wollen alle gemeinsam eine große warme Kette des Lebens bilden … Und wehe, einer läßt los im Traum, dann wachen alle auf und schrein Alarm! Vielleicht übt man Herrschaft mit Verrücktheit und Verdorbenheit besser aus als mit dem aufrichtigen Sinn für Reinigung und dem schrecklichen Mut, das Notwendige zu tun.

PHINTYS Epochen sterben an der eigenen Schwäche. Nur selten erhebt sich ein ehrlicher Zweikampf, solange alte und neue Kräfte noch gleich groß sind.

AGRYPNIA Ich verließ heute nacht die Bibliothek um zwei Uhr früh. Meine Gedanken kamen nicht los von deinen bitteren Liebesliedern, die ich seit Jahren immer wieder lese. Ich blieb schlaflos bis zum Morgen, die helle Zucht, die Anmut dieser Verse, die kindliche Einfachheit der Worte –

PHINTYS Schon gut.

AGRYPNIA Ich gab dir kürzlich auch ein Bündel eigner Verse mit. Was ich seit langem schreiben wollte, wozu ich früher viel zu viele Worte brauchte, jetzt, in diesen Gedichten, die ich dir gab, scheint mir zum ersten Mal die herbe Sparsamkeit erreicht. Ich legte sie in deine Hände. Es sind Verse nach Art deiner Verse. Um einzutreten »in den Schatten deines Munds«. Wie es in jener dritten Strophe heißt.

PHINTYS Die meisten Frauen, die mich einmal lasen, versuchen es mir nachzutun. Du regierst am Tag, du dichtest in den Nächten. Du vergeudest Tag und Nacht.

AGRYPNIA Die Verse?

PHINTYS Gewaltsam in den Erfindungen. Effektsüchtig. Kurzsichtig in der Moral. Im Vergleich zu der Geduld und Vorsicht, die ich auf jede Zeile verwende, bist du ein Schnellreimer auf dem Markt.

AGRYPNIA Ach? … Und was soll ich nun sagen? Mir ist, als ob ich meine ganze Kraft brauchte, um diese einzige Kränkung zu verkraften. Lohnt das noch?

PHINTYS Du bist mit dem Herzen flach und nur mit dem Mund tiefschürfend gewesen.

AGRYPNIA Mir scheint, du bist von deiner eigenen Frechheit so begeistert, daß du die Gefahr nicht mehr erkennst, die ich noch immer für dich sein kann.

PHINTYS In einer Stadt, die ein großer Handelsplatz ist oder bald wieder sein wird, in einem Reich, in dem nur junge tüchtige Menschen leben, jagst du nach Dichterruhm, bist du begierig nach alten Religionen, schleifst du nächtelang an abgegriffenen Empfindungen, und doch stehen dir die Worte nur im Weg, und deine Verse sind von all deinen Ausscheidungen die dünnsten.

AGRYPNIA Du bist nur noch ein kleiner zornroter Glimmer von einer einstmals großen Flamme, von der nichts übrigblieb. Nehmt sie fest, Greise, fangt sie und peitscht sie aus.

PHINTYS *wird von den Greisen ergriffen* Wie bei allen anderen Regimen, die unsereinen ausschließen, berechnen wir nach den Geräuschen der Hornissen, die nachts an unser beleuchtetes Fenster stoßen, die schwankende Chance unseres Überlebens. Diese ekligen Schwärmer, die mich daran hindern, noch einmal aus dem Haus zu gehen und unter den Sternen in meinen Garten zu pissen!

AGRYPNIA Du Krüppelweib, das nichts von seinem Mißwuchs weiß!

PHINTYS So ein schönes Gespräch! Und welch böses Ende mußte es nehmen. Immer wieder, immerzu: deine verfluchte Ungeduld!

Lektorat

SYLVIA KESSEL *beiseite; wie aus einer späteren Erzählung* Wir saßen an einem sehr kleinen Tisch, überall lagen Manuskriptblätter verstreut, wir mußten das Geschick von Akrobaten aufwenden, um alle Unterlagen, Zettel, Notizen, alles was es zwischen uns zu besprechen gab, auszubreiten, wiederzufinden, bereitzuhalten und noch einmal durchzugehen. Blätter fielen zu Boden, flogen davon, versteckten sich, wurden falsch gegriffen, umsortiert, auf den Knien balanciert, unter dem Tisch abgelegt oder zwischen Oberschenkel und Stuhl geklemmt …

ZACHARIAS WERNER Sylvia Kessel! Ich habe mich so in Ihr Buch vertieft, daß für mich kein Weg mehr aus ihm herausführt. Ja, ich habe es aus gelesen. Es ist leer. Ich habe es erschöpfend gelesen, ausgeschöpft, es ist in mir verschwunden. Sylvia! Wir müssen es gemeinsam wieder heraufholen, wiederherstellen, ihm seinen Platz in der Welt zurückgeben.
In meinem Zimmer gab es keine Leselampe. Ich las Ihr Buch unter einem leuchtenden Globus, den ich aus meiner Schulzeit aufbewahre. Welch ein kaltes blaues Licht fiel auf Ihr Buch! Und manchmal drehte ich die bunten krummen Länder, die Kontinente, die Wüsten und die Ozeane, und Ihr Buch stürzte, so war mir, wie ein abgerissener Himmelskörper in diese Welt!

SYLVIA KESSEL Inzwischen kam von Albert Brigg ein weiteres Angebot. Er zahlt jetzt runde fünfzigtausend. Nur fürs Manuskript. Fünfzigtausend Euro vor Honorar!

ZACHARIAS WERNER Fünfzigtausend. So. Dann hätte ich mir die Mühe sparen können. Brigg hat sicher die besseren Lektoren. Er kontrolliert überhaupt ein sehr weit verzweigtes Unternehmen. Man wird Ihr Buch dann auch in Tchibo-Läden kaufen können.

SYLVIA KESSEL Was haben Sie für einen Eindruck vom vierten Kapitel. Sagen Sie mir zuerst etwas zum vierten Kapitel.

ZACHARIAS WERNER Das vierte Kapitel? Ich will Ihnen zuerst etwas anderes sagen: Soweit ich sehe, sind Sie die erste und einzige, die es wagt, schonungslos vorauszuschauen in die Zukunft unserer Greisenrepublik. Dabei vermeiden Sie die platte Satire. Sie vermeiden sorgsam alles, was nur blitzt und spielt. So entsteht ein Teil, streng und sehr riskant, Beschreibung neuer Ordnung, unbekannter Rituale, pädagogische Provinz. Und es entsteht ein anderer: das Narrenschiff, überfüllt mit immerzu fressenden, sich kratzenden, in die Hose nässenden, vom Menschsein völlig abgekommenen Senioren-Lemuren. Hier scheint mir jede Episode auf einen Dante-Ton gestimmt. Ihre Phantasie ufert daher niemals aus. Der Anklang der »Commedia« –

SYLVIA KESSEL Sie erwähnten Ekklesin, das therapeutische Dorf, in dem die Menschen geringen handwerklichen Tätigkeiten nachgehen.

ZACHARIAS WERNER Und alte Lebensformen wiederfinden! Ja.

SYLVIA KESSEL Das ist doch das vierte Kapitel. Damit kämpf ich noch. Sagen Sie mir etwas dazu.

ZACHARIAS WERNER Es sind die zerklüfteten Ränder, die Schründe und Buckel Ihrer Erzählung, die mich interessieren. Ich verfolge die Verflechtung der Motive, das ganze Myzel …

SYLVIA KESSEL In der Nacht, wenn ich den Kopf im schlaffen Kissen hin und her schlage, beschleicht mich das Nichtige dieses Buchs. Ich röchle unter der Last, es nicht zu schaffen, was ich mir vorgenommen habe. Das Nichtige, verstehen Sie, es kriecht an mir empor, es würgt mich. Ich schreibe und schreibe und bin doch verflucht, die Schreiberin einer sich selbst tilgenden Zeile zu sein. Das Nichtige des Themas, das Nichtige des ganzen Buchs, das Nichtige jeder einzelnen Zeile!

ZACHARIAS WERNER Aber nein! Sie treten hervor mit diesem Werk. Klar und leuchtend. Mit der ganzen Kraft Ihrer Visionen. Mit der ganzen Kraft Ihrer beiden Begierden: der Begierde des Leibs und der Begierde des Bewußtseins. Es geht Ihnen ja, wie den Figuren in Ihrem Buch: auf dem tiefsten Punkt der Verzweiflung beginnt Ihr Herz zu hüpfen. In zwei Wochen habe ich das Geld zusammen. Mitte Juli beginne ich mit dem Druck. Ich kenne genügend einflußreiche Menschen, die mir wohlgesonnen sind. Einige zuverlässige Gönner habe ich immer auf meiner Seite. Ich brauche zunächst nicht mehr als fünfzigtausend. Genausoviel wie Brigg Ihnen als Kaufpreis bietet nur fürs Manuskript.

SYLVIA KESSEL Aber wovon wollen Sie die Werbung bezahlen, die Vertreter, die Anzeigen, die Präsentationen? Sie können sich nicht auf den Erfolg meines ersten Romans verlassen. Für den »Rapunzelzopf« muß man sich was Neues einfallen lassen.

ZACHARIAS WERNER Die Werbung bin ich. Ich kämpfe für Ihr Buch. Der Buchhandel hat seltsamerweise einen Narren gefressen an mir. Die *Edition 24* finden Sie in jedem Sortiment. Ich kann mich nicht beklagen. Außerdem werden wir sofort große Besprechungen bekommen. Größere als beim ersten Mal.

SYLVIA KESSEL Morgen gibt es Sie nicht mehr. Mein Buch liegt in den Ramschkästen.

ZACHARIAS WERNER Mich gibt es noch lange. Ich lebe am Rand des Zusammenbruchs. Am Rand der Armut. Am Rand des Irrsinns. Am Rand des Amoklaufs. Aber eben immer nur am Rand. Auch am Rande kommt man vorwärts. Was ist übrigens auf Seite zweiundfünfzig, fünfte Zeile: ein Paar, das sich »angstfrei« liebte? Ein bißchen Angst hat ja noch keinem Liebespaar geschadet.

SYLVIA KESSEL Ein Liebespaar? Es handelt sich um zwei bumsende Luftballons. Lesen Sie doch genauer. Seychellenbraune Haut und innen Luft.

ZACHARIAS WERNER Zwei Seiten weiter heißt es: »In der Nacht waren sie wieder das enthäutete Paar, Mann und Frau wie glühende Kohle.« Nun ja. Aber was sind die beiden nun, Sylvia? Angstfreie Luftballons oder glühende Kohle?

SYLVIA KESSEL Gut. Ich seh's mir noch mal an.

ZACHARIAS WERNER Seite sechzig, zweiter Absatz, dritte Zeile: »Die Schwäche seines Urteils, seines Händedrucks und seiner Kinder ...« Also: das ist mir zu gescheit.

SYLVIA KESSEL Finden Sie?

ZACHARIAS WERNER Seite einundsechzig, erster Absatz, einszweidreivierfünf ... sechste Zeile: »Ein Armvoll du.« *Sieht Sylvia Kessel fragend von unten herauf an.* Ein Armvoll du?

SYLVIA KESSEL Warum nicht? Was haben Sie dagegen? Ich lasse mich nicht aus meiner Sprache vertreiben.

ZACHARIAS WERNER Wie Sie meinen. Ich frag nur nach. Seite einundsechzig, letzte Zeile ...

SYLVIA KESSEL Sind Sie wirklich der Mann, der sich um mich kümmern sollte?

ZACHARIAS WERNER Gehen Sie zu Albert Brigg. Da sind Sie auf der sicheren Seite. Jedenfalls auf der bequemeren. Seite einundsechzig ...

SYLVIA KESSEL Entschuldigen Sie. Sie helfen mir ja. Es geht sehr gut mit Ihnen. Ich bitte Sie: nehmen wir uns Zeit. Nehmen wir uns viel, viel Zeit.

Handzettelverteiler

In der Hotelhalle. Alfredo und Vittorio, zwei Varietékomiker mit zerknautschten Travellerhüten, sitzen auf kleinen Stühlen vor zwei Säulen. Konstantin, ein zehnjähriger Junge, sieht ihnen zu.

ALFREDO Sag mal, wie heißt du eigentlich, Vittorio?
VITTORIO Alfredo, was soll der Unsinn?
Du sagst ja selbst, wie ich heiße: Vittorio.
ALFREDO Ich für meinen Teil heiße jedenfalls nicht Alfredo.
VITTORIO Mag sein. Das ist deine Sache.
Deshalb heiße ich noch lange nicht nicht Vittorio.
ALFREDO Siehst du. So einer ist er nun.
So geht's immer zu. In etwa. Zwischen uns.
VITTORIO So läuft das ab. In etwa. Bei uns im Alten Varieté.
KONSTANTIN Gibt's bei euch auch nackte Frauen?
VITTORIO Gibt es, gibt es, mein Junge. Aber ohne Beine.
Ohne Arme. Ohne Brüste.
ALFREDO Das Alte Varieté ist natürlich eine ganz neue Erfindung. In alten Zeiten hieß es das Neue Varieté. Erst in neuen Zeiten nennt man es das Alte Varieté.
VITTORIO Bei uns kannst du sehen, zum Beispiel, wie drei Soldaten, die ihre Baskenmütze schwingen, auf einem Laufband über die Bühne fahren. Dieses Laufband läuft einmal rund um die Erde, und es geht mitten durch unsere Bühne. Deshalb ziehen auf unserem Theater Menschen aus aller Herren Länder vorbei. Ganz erstaunliche Kreaturen!
KONSTANTIN Spielt mir etwas vor.
Ich möchte noch eine kleine Kostprobe umsonst.
ALFREDO Später, mein Junge. Da kommen Leute.
Wir müssen unsere Reklamezettel verteilen.
Mach du das mal, Vittorio.

Sylvia Kessel kommt mit ihrem Manuskript; in aufgeräumter, verliebter Laune spielt sie mit Vittorio, der ihr einen Handzettel geben will.

SYLVIA KESSEL *sich Vittorio immer von neuem zuwendend*
Tut mir leid. Ich hab schon was vor.
Danke sehr. Ich bekomme schon.
Ich bin versprochen. Geben Sie sich keine Mühe.
Hören Sie. Ich bin in festen Händen.
Ich bin nicht ganz so frei, wie ich Ihnen vielleicht erscheine.
Ich finde, Sie sollten mich einmal genauer ansehen.
Das sieht man doch auf den ersten Blick: ich habe alles, was ich brauche.
Tut mir leid. Vielleicht ein andermal.
Mich hat's gerade eben furchtbar erwischt.
Ich faß es selbst noch nicht. Vor drei Stunden sah alles noch ganz anders aus.

VITTORIO Was sagst du dazu?
Ein komisches Talent.
ALFREDO Die könnten wir gebrauchen.
Besser als unsere träge Nadja. Viel besser.
KONSTANTIN *ruft hinter der Säule* Vittorio! Alfredo! Spielt ihr?
VITTORIO Spielen wir?
ALFREDO Spielst du etwa, Vittorio?
Stößt ihn von rückwärts gegen die Schulter.
Hej! Spiel nicht! Ach, was für eine Freude, dich endlich wiederzusehen, du rostiges altes Scharnier! Weißt du, was mir von dir am besten in Erinnerung blieb, mein treuer Freund? Daß du, ohne mit der Wimper zu zucken, viele, viele kleine Tiere töten konntest. Immerzu. Wo du gingst und standst. Alles, was da kreucht und fleucht, hast du sorgfältig zermalmt. Unbegreiflich für einen Kriechtierfreund wie mich. Ohrenkneifer, Spinnen, Käfer, Schnecken, alles totgetreten.
VITTORIO Aus Versehen.

Alfredo Wieviel Regenwürmer hast du auf dem Gewissen in deinem Leben? Wie viele Laubfrösche? Hekatomben. Unfaßlich deine Gewalttätigkeit hinsichtlich der kriechenden Kreatur. Warum töten? Dir stellte sich die Frage gar nicht. Du tötetest. Du erschlugst. Du zertratst. Was für ein Leben?! Deins. Ehrfurcht auch vor der niedrigen Kreatur. Dir unbekannt. Du hast dir deinen Weg gebahnt durch Hekatomben von Käfern und Kneifern. Den Weg wohin? Tja. Wohin. Und selbst? Nie was Niedriges gewesen, nie Wurm, nie Kriechtier selbst?

Vittorio Doch, doch.

Alfredo Dir stellte sich die Frage gar nicht!

Sie gehen langsam ab, Konstantin hinterher.

Vittorio Ich muß töten. Ich weiß, ich schade mir selbst im Kampf gegen die Kleintierwelt. Aber ich kann's nicht ändern. Ich muß.

Alfredo Was? Du tötest immer noch?

Vittorio Eher mehr als weniger.

Kulturwerte

Zacharias Werner und Ina Schmölling-Knecht, etwas entfernt voneinander, an zwei hohen Imbißtischen, trinken Kaffee aus Pappbechern.

ZACHARIAS WERNER Ich habe Ihnen bei der Vorauswahl die beste Empfehlung geschrieben.

INA Mal sehen, wie's weitergeht.

ZACHARIAS WERNER Haben Sie mir nicht erzählt, Ihr Vater hätte diese Dritte-Welt-Läden aufgezogen?

INA Müsliläden. Healthfoodkette.
Sie merken sich alles. Sie haben bestimmt ein Computergedächtnis.

ZACHARIAS WERNER Ich habe ein fatales Gedächtnis für Kleinigkeiten. Ich merke mir alles, was Menschen so nebenbei erwähnen. Ihr Vater hat Ihnen nämlich empfohlen, Ihr Geld in Kulturwerte zu stecken. So etwas merk ich mir.

INA Jedenfalls hat er gesagt, ich soll dafür sorgen, daß ich später mal auf meinen Namen stolz sein kann. Meine Mutter hockt immer noch unterm Poncho und kräht, daß er sie verlassen hat. Dabei ist er bloß gestorben. Mit neunundfünfzig. Am Schluß war er ein total haltloser Mensch. Ein ausgeblasenes Ei. Ihr Köpfchen möcht ich haben. Sie sollten mal in unser Schloß in der Oberpfalz kommen. Da könnten Sie eine Schule des Denkens aufmachen. Meine Schwester und ich wollen im Schloß etwas aufziehen, das wie ein nachhaltiges Kulturfest funktioniert. Sie sehen mich an, als hätte ich eine protzdicke Dummheit gesagt. Ich bin etwas fahrig, merken Sie das? Wahrscheinlich denken Sie jetzt – was denken Sie gerade?

ZACHARIAS WERNER Ich denke, daß Sie ein Glücksfall sind. Für mich. Für die Oberpfalz. Für –

INA Ich möchte in meinem Leben später auf einen guten Namen

zurückschauen. Ich wünschte, Sie würden meinen Freund kennenlernen. Der stünde jetzt hier und würde keinen Ton sagen. Den Mund nicht zukriegen vor Staunen. Aber später auf der Bettkante, dann blubbert es nur so aus ihm heraus. Ein krasser Denker im Grunde, bloß immer erst hinterher. Aber was heißt das schon? Vielleicht ist in dem ganzen Geblubber irgendwo ein Goldkörnchen versteckt oder eine geheime Botschaft und irgendwann fang ich sie ab und versteh, was er meint. *Sie nimmt ihre Sachen zusammen und wendet sich zum Gehen.*

ZACHARIAS WERNER Ich würde Sie gern wiedersehen.

INA Warum nicht gleich?

ZACHARIAS WERNER Jetzt gleich?

INA Ich will Sie nicht überreden. Aber es gibt an so einem trüben Tag nichts Besseres. Wir kennen uns noch nicht. Ich denk mal, zum Warmwerden gibt's nichts Besseres.

ZACHARIAS WERNER Sie haben recht. Gibt's nichts Besseres. Gehen wir nebenan zur Rezeption. Ich habe dummerweise meine Kreditkarte nicht dabei.

INA Ich habe genug dabei. Aber ich möchte nicht bezahlen. Ich hätte da Hemmungen.

ZACHARIAS WERNER Warten Sie. Ich werde das regeln. Ich kenne die Damen beim Empfang. Jennifer und Jodie! So heißen unsere deutschen Mädels in der Schaltzentrale!

Im Hintergrund taucht die Rezeption mit Jennifer und Jodie auf.

ZACHARIAS WERNER Jodie!

JODIE Zacharias! Einen schönen guten Tag. Wie geht es Ihnen? Was kann ich für Sie tun?

ZACHARIAS WERNER Passen Sie auf, Jennifer, meine Frau ist schwanger –

JENNIFER Ihre Frau?

ZACHARIAS WERNER Ja natürlich. M e i n e Frau. Wer sonst? Sie sollte sich einen Augenblick hinlegen. Haben Sie nicht irgendwo ein kleines Ruhekissen für uns? Eine Liege oder Couch – nur für eine halbe Stunde.

JODIE Aber ja. Sie dürfen es sich gern in der Kammer des Nachtportiers bequem machen. Kein Thema. Gleich rechts neben dem Büro. Soll ich einen Arzt rufen?

ZACHARIAS WERNER Danke nein. Es geht so. Alles in Ordnung.

Zacharias Werner und Ina hinter der Rezeption ab. Jennifer und Jodie unterhalten sich, ohne dabei den Blick vom PC-Bildschirm zu wenden.

JENNIFER Ich hatte in letzter Zeit manchmal das Bedürfnis, mit dir essen zu gehen, mit dir schwimmen zu gehen, einfach mit dir zu sein, Jodie. Du hast mir nicht ein einziges Mal signalisiert, daß dir an meiner Begleitung etwas liegt, Jodie. Wir sind doch keine Schulmädchen mehr, Jodie, wir sind beide verheiratet, Jodie, beide haben wir Männer, die Probleme haben in ihrem Beruf, Jodie, ich hätte dich manchmal dringend gebraucht, Jodie, einfach nur so. In letzter Zeit. Ich weiß ja, daß ich Roland nicht mehr helfen kann. Ich steh ihm sogar bei seiner Arbeit im Weg.

JODIE Zeig mir die Bilder von eurem Urlaub. Nun mach schon. Du willst doch nur auf deinen Urlaub zu sprechen kommen.

JENNIFER Ich will – was? Hör mal, Jodie, ich sage, du hast mir gefehlt, Jodie, ich mach ein paar exakte Angaben zu uns beiden, Jodie, ich hab die Bilder dabei, davon einmal ab, du glaubst doch nicht, das wär alles nur ein Vorwand gewesen, ich hatte dir was zu sagen, Jodie, ich mach den schüchternen Versuch, jetzt, nach dieser langen, langen schwierigen Zeit zwischen uns, Jodie, spring ich endlich über meinen Schatten und versuch dir offen ins Gewissen zu reden. Ich hab für dich mal Pferde stehlen wollen, Jodie, alles hätte ich für dich gestohlen, Jodie. Sei froh, daß das endgültig vorbei ist.

JODIE Jedesmal, wenn ich mit dir essen war, beim Italiener, beim Japaner, beim Mexikaner, jedesmal hatte ich das Gefühl, daß du dich erst mal von mir absetzen willst. Jedesmal in der ersten Viertelstunde miefst du mich an. Danach wird's etwas menschlicher.

Im Hintergrund Geräusche des sich liebenden Paars Zacharias Werner und Ina.

JENNIFER Was ist das? Was ist da hinter uns los, Jodie?
JODIE Die beiden machen es sich gemütlich.
JENNIFER Was tun sie? Was tun sie da, Jodie?
Ich kann hier nicht in Ruhe arbeiten.
Ich denke, der Frau ist übel.
Ich denke, die Frau ist schwanger.
JODIE Schwanger? Na. Dann läuft die Zeit verkehrt herum.
JENNIFER Ich habe in letzter Zeit versucht, dich mir abzugewöhnen. Du siehst besser aus als ich, Jodie, ja, laß mich, ich weiß, was ich sage. Du brauchst gar nicht deine scheintherapeutischen Sorgenfalten aufzusetzen. Du siehst besser aus als ich, du denkst besser, aber du verschätzt dich, Jodie. Du denkst zu schnell, Jodie. Ich kann's nicht mehr hören. Ich-kann-es-nicht-mehr-hören! Schmeiß sie raus, Jodie! Schmeiß sie endlich raus!
JODIE Weißt du, für mich ist das immer noch Musik in den Ohren. Du kannst dir denken, weshalb ich das sage?
JENNIFER Ja, ich verstehe dich, Jodie. Es tut mir leid.
JODIE Wenn ich mich daran erinnere, was für eine Kraft, was für eine Freude in mir steckt! Was man alles aus mir herausholen könnte, heute wie damals, aber wen interessiert das noch, das ist ja nicht s e i n e Sache … Du kannst dir nicht vorstellen, was in mir steckt.
JENNIFER Doch, ich weiß es, Jodie. Aber warum muß mir das passieren? Ich möchte hier sofort aufhören, so schrecklich finde ich es, Jodie. Ich möchte dir am liebsten sagen, daß es sich nicht gehört, irgendwo auf der Welt zwei Leuten dabei zuzuhören. Es gehört sich nicht! Ich liebe meinen Mann, Jodie.

Ich kann ihm letztlich nicht helfen, aber ich bin verliebt in ihn seit elf Jahren. Ich habe dir das nie gesagt, Jodie. Ich habe nie ein Wort darüber verloren. Eher schneide ich mir die Zunge ab – ich schneide sie mir wirklich ab, Jodie, wenn dies furchtbare Gebumse nicht sofort aufhört! Das ist das Schlimmste, was mir jetzt passieren kann!

JODIE Da lacht man doch drüber. Wir sind doch keine Tiere, die nicht lachen können. Wir lachen doch über so etwas, Jennifer. Weil es doch komisch ist, urkomisch, solang man nicht selber ackert.

JENNIFER Schmeiß sie raus! Schmeiß sie raus!
Sonst schmeiß ich dich raus. Ich schmeiß euch alle drei raus.
Ich schmeiß alles hin! Ich liebe Roland!

JODIE Hej, Kleine, ist ja gut. Gleich ist es vorbei.
Ready for descending. Die haben sich Zeit genommen.

JENNIFER Siehst du, Jodie, du bestimmst, wann ich aufhören soll.
Du bestimmst, wie ich mich benehmen soll.

JODIE Es ist gut, jetzt, Jennifer.
Wir haben es hinter uns, ja?
Es ist alles wieder in Ordnung.

JENNIFER Du hast es hinter dir, Jodie.
Du weißt das so scheißgenau.
Ich weiß das vielleicht glücklicherweise nicht so genau.

Zacharias Werner und Ina kommen zur Rezeption vor.

JODIE Fühlen Sie sich besser?

ZACHARIAS WERNER Danke euch. Vielen Dank.

INA Zeit für eine kleine Zwischenmahlzeit. Ich habe Durst wie 'ne Bergziege.

ZACHARIAS WERNER Sei so lieb und nimm ein Taxi zum »Schlumberger«. Ich muß noch einen Augenblick in der Halle bleiben. Nur eine kurze Besprechung. Ich komme in zwanzig Minuten nach.
Er begleitet sie nach rechts zum Ausgang.

Nachhaltig. Gut. Aber was heißt das? Das nachhaltigste Kulturgut aller Zeiten ist und bleibt das Buch. So gesehen, bietet dir selbst ein kleiner Verlag die geeignete Plattform für fortschrittliches Wirtschaften …

Sylvia Kessel kommt von links, tritt zur Rezeption.

Sylvia Kessel Ich bin mit Herrn Zacharias Werner hier verabredet. Falls er auftaucht, sagen Sie ihm, ich warte vorne in der Bar.
Jodie Er ist gerade zum Taxistand.
Jennifer Da geht er doch.
Sylvia Kessel Ja. Da geht jemand wie er.
Ich fürchte, er hat die falsche Frau neben sich.
Jennifer Es ist seine Frau.
Sylvia Kessel Sehen Sie: Sie verstehe ich nicht. Sie verstehe ich grundsätzlich nicht.
Vielleicht liegt das an Ihrer schlabbrigen Aussprache.
Ich verstehe Sie nicht.
Jodie Bitte seien Sie ruhig.
Jennifer Siehst du. So etwas macht man nur mit mir, Jodie.
So etwas darf man doch mit mir nicht machen …!

Zacharias Werner *kommt vom Eingang zurück, bemerkt Sylvia Kessel, läuft auf sie zu.*
Ihr Buch ist gerettet!
Sylvia Kessel Ich habe mich nicht in Ihre Hände begeben, damit Sie, damit Sie, wie soll ich sagen, irgend etwas mit irgendeiner anderen anstellen.
Zacharias Werner Ihr Buch ist gerettet! Trennen Sie Haupt- und Nebensache. Ich tue alles für Ihr Buch. Das habe ich Ihnen versprochen. Alles.
Sylvia Kessel Es kotzt mich an, wenn ich mir vorstelle, was Sie unter »alles« verstehen.
Zacharias Werner Ina Schmölling-Knecht hat die Fahnen Ihres Romans gelesen.

Sie hat sie gelesen in einem Zug von vorne bis hinten. Ich konnte sie nicht daran hindern. Sie konnte einfach nicht aufhören. Ihr Buch hat sie umgehauen. Liebe Sylvia Kessel: wenn das kein Indikator ist. Ein einfaches schönes Wesen –

SYLVIA KESSEL Schön? Schön? Schön?!

ZACHARIAS WERNER Wesen! Wesen!

Ina Schmölling-Knecht hat mir eine Beteiligung von zwanzig Prozent an der *Edition 24* zugesagt. Fest zugesagt. Ihr Buch, allein Ihr Buch hat den Aussschlag gegeben. Glauben Sie mir, die Kleine ist stolz darauf, sich an einem Verlag beteiligen zu dürfen, der solche Bücher bringt. Extrem wichtige Bücher.

SYLVIA KESSEL Ich warte mit meinen korrigierten Fahnen auf Sie, ich warte und warte – und was sehe ich: Sie ziehen mit einer anderen ab!

ZACHARIAS WERNER Sie wissen: ich brauche rund fünfhunderttausend, um den Verlag in trockene Tücher zu kriegen. Mit Ina habe ich den ersten Pflock eingeschlagen. Einen sicheren, soliden Anfang gemacht. Alles übrige ist für uns beide vollkommen uninteressant.

SYLVIA KESSEL Sie wollen mir nicht im Ernst weismachen, daß Sie sogar geschäftlich auf diese kleine Luxusschlampe hereinfallen? Ich habe sie gesehen. Ich kenn den Typ.

ZACHARIAS WERNER Lassen Sie uns die Korrekturen durchgehen. Nächste Woche gebe ich die ersten viertausend Exemplare in Auftrag. Die Druckerei in Gernsheim steht schon Gewehr bei Fuß. Ich möchte – ich muß mit dem Buch in die erste Herbstauslieferung kommen. Wir werden ganz früh ganz vorne sein!

Alfredo und Vittorio

Flache Wand. Alfredo und Vittorio lehnen mit dem Rücken an.

ALFREDO Ist still hier, nicht?
Ist doch still, oder?
Ist es still oder nicht?
VITTORIO Tja. Still. Ist das noch still?
ALFREDO Du wirst immer magerer, Vittorio.
Es ist, als ob du dich vor mir in dich zurückzögst.
VITTORIO Das ist eigentlich nicht mein Ziel.
ALFREDO Das kann kein Ziel sein.
VITTORIO Mein Ziel.
ALFREDO Kein Ziel.
VITTORIO Du kennst eben die Menschen nicht.
ALFREDO Dafür kenne ich eine Menge Leute.
VITTORIO Was ist an den Leuten schon dran?
ALFREDO Sie sind Menschen wie alle anderen.
VITTORIO Ach, Menschen von heute. Sind doch alle nicht mehr ernst zu nehmen.
ALFREDO Das sagst du jetzt bei jeder Gelegenheit. Die Wettervorhersage. Ach, ist doch alles nicht mehr ernst zu nehmen. Der Börsenbericht. Ach, ist doch alles nicht mehr ernst zu nehmen. Das Klonen von Mensch und Tier. Ach, ist doch alles nicht mehr ernst zu nehmen. Was ist denn noch ernst zu nehmen? Der Tod?
VITTORIO Der Tod an sich ist auch nicht mehr ernst zu nehmen. Aber dann! Dann wird's ernst. Dann geht's erst richtig los.
ALFREDO Wir beide mögen uns nicht.
VITTORIO Nein. Das ist wahr.
ALFREDO Schade, daß ich es so offen ausgesprochen habe.
VITTORIO Ich bin auch nicht glücklich darüber.
ALFREDO Wenn wir nur wüßten, weshalb.

VITTORIO Es würde nichts ändern.

ALFREDO Vielleicht fänden wir einen Grund. Und könnten ihn mit vereinten Kräften beseitigen.

VITTORIO Du und ich? Wie sollten wir uns auf einen Grund einigen?

ALFREDO Auch mehrere Gründe sind nicht auszuschließen.

VITTORIO Zum Beispiel? Auf Anhieb?

ALFREDO Auf Anhieb! Du hast eine Art, mir zu antworten, die mich immer erschreckt hat. Deine Antwort schießt nur so aus dir heraus. Meine Worte klingen niemals in dir nach.

VITTORIO Deine Worte klingen schlecht, oder sie klingen gar nicht.

ALFREDO Siehst du. So eine Antwort wäre für mich schon Grund genug.

VITTORIO Aber für mich doch nicht. Umgekehrt ist deine Art, mir zu antworten, für mich überhaupt kein Grund. Ich habe nichts daran auszusetzen. Außer daß du es bist, der mir antwortet.

ALFREDO Das ist eben das Gefährliche an dir. Das Erschrekkende. Deine Voreingenommenheit.

VITTORIO Nach zwanzig Jahren eines gegenseitigen Antwortens kann es keine Voreingenommenheit, sondern nur noch Eingenommenheit, kann es kein Vorurteil, sondern nur noch ein Urteil geben. Ich kann mir über dich jedes Urteil erlauben.

ALFREDO Im Grunde genommen sagst du: an der Antwort von diesem Menschen habe ich eigentlich nichts auszusetzen. Aber weil sie von einem Neger, einem Schwulen, einem Chinesen, einem Eskimo kommt, mag ich diese Antwort nicht. Sie kommt eben von mir. Und das ist das Gefährliche an dir.

VITTORIO Eine Antwort ist letztlich nur soviel wert wie derjenige, der antwortet. Davon bin ich nun mal nicht abzubringen.

ALFREDO Schon gut. Für dich bin ich eine andere Rasse. Gib es zu.

VITTORIO Das wäre nach zwanzig Jahren Antworten – und zwar Antworten, wie ich sie dir gab – ein dürftiges Geständnis.

ALFREDO Zwanzig Jahre? Ja. Du hast zwanzig Jahre an deinem Vorurteil gefeilt. Sag doch nicht immer gleich etwas. Schöpf doch erst mal Atem. Atme einmal tief durch. Und dann gib deine einundzwanzigtausendundsiebenhundertzweiunddreißigste Antwort.

VITTORIO Du sagst: ich hätte zwanzig Jahre lang am Monument eines Vorurteils gearbeitet. Gebosselt, gemeißelt, gehämmert und gefeilt. Ohne irgendein Ende abzusehen. Und ich sage dir: es sind ausschließlich die Vorurteile, die man gegenüber einem Menschen hegt – beachte das Wort: hegen! –, die den einen Menschen für den anderen interessant machen. Es hält den einen beim anderen, daß er täglich oder mindestens einmal in der Woche sein Vorurteil bestätigt findet. Das kann sogar zur Sucht werden. Wie gesagt, ich könnte mir jederzeit ein Urteil über dich bilden. Aber dann ist es auch aus zwischen uns.

ALFREDO Na, ganz so schnell wird es nicht gleich zu Ende sein.

VITTORIO Weil ich mein Vorurteil pflege. Weil ich es hege und pflege.

ALFREDO Tu, was du nicht lassen kannst. Ich jedenfalls habe alle meine Vorurteile, dich betreffend, seit Jahren schon in handfeste Urteile gewandelt. Und wir reden immer noch miteinander.

VITTORIO Aber du wunderst dich, daß wir uns nicht mögen.

ALFREDO Ich wundere mich? Ich wundere mich keineswegs. Ich hätte nicht davon sprechen sollen. Das ist alles. Ich bin deshalb noch kein Unmensch.

VITTORIO Ein Unmensch nicht.

ALFREDO Aber?

VITTORIO Jemand, den man nicht mag. Genauer gesagt: einer von beiden, die sich nicht mögen.

ALFREDO Es ist ja nicht so, daß es irgendwann dazu gekommen wäre. Daß es sich irgendwann herausgestellt hätte: pardauz, ich mag ihn nicht. Ich habe nirgendwann damit begonnen, dich nicht zu mögen.

VITTORIO Ich auch nicht. Wir sind uns eines Tages vor vielen,

vielen Jahren zufällig begegnet, wir haben einander ins Auge gefaßt, ein paar Worte gewechselt, und pardauz: wir mochten uns nicht. Auf der Stelle. Gleichzeitig. Haargenau dieselbe Regung in jedem von uns.

ALFREDO Hast du eigentlich damals, zu dem gewissen Zeitpunkt, mir geantwortet, oder habe ich dir geantwortet?

VITTORIO Wir sind uns sofort einer dem anderen ins Wort gefallen. Das war ja der Grund.

ALFREDO War das der Grund? Sind wir nicht einer dem anderen ins Wort gefallen, w e i l wir uns nicht mochten?

VITTORIO Ich glaube, wir mochten uns nicht, lange bevor wir uns begegnet sind. Ich glaube an eine höhere Kraft des Sich-nicht-Mögens. Eine Art magnetische Wolke, die zwei Männer aus den verschiedensten Daseinswinkeln hervorzieht und aufeinanderprallen läßt.

ALFREDO Und sie nicht wieder losläßt. Bis heute.

Wenn es so ist, dann brauchen wir uns über irgendwelche Gründe nicht zu unterhalten.

VITTORIO Du suchst nach Gründen. Ich pfeife auf sie.

ALFREDO Sich nicht mögen ist nicht das gleiche wie sich verlieben. Sich nicht mögen ist von Anfang an mit einer kritischen Einstellung verbunden. Man kann sich in den Falschen verlieben. Aber man kann immer sicher sein, daß man den Richtigen nicht mag.

Schwager Oswald

Eine ovale Speisetafel, an deren rechter Rundung Zacharias Werner und Schwager Oswald beieinandersitzen. In der linken Hälfte sitzt die schöne Emilie mit dem Rücken zum Publikum und ißt gemächlich vor sich hin.

SCHWAGER OSWALD Wieviel? Hunderttausend? Zweihundert? Was brauchst du? Zweihundertfünfzig?

ZACHARIAS WERNER Um den Verlag zu sanieren, um ihn wirklich auf solide Füße zu stellen, sind rund fünfhunderttausend erforderlich. Nur dann kann die *Edition* 24 bleiben, was sie ist: ein Kleinod unter lauter falschen Perlen.

SCHWAGER OSWALD Eine halbe Million?

ZACHARIAS WERNER Schwager Oswald, ich bettle nicht um milde Gaben. Ich biete dir eine echte Beteiligung. Ich gebe bis zu neunundvierzig Prozent ab. Du bekommst also etwas in die Hand, einen jungen dynamischen Verlag, in den du deine gestalterischen Fähigkeiten einbringen kannst. Es genügt, wenn du mit zweihundertfünfzig dabei bist.

SCHWAGER OSWALD Zacharias, machen wir uns nichts vor. Ich bin kein Leser. Versteh mich nicht falsch. Ich brauche für ein schmales Buch von zweihundert Seiten fast ein halbes Jahr. Es fällt mir schwer. Die Buchstaben wollen nicht in meinen Kopf. Sie wecken keinerlei Vorstellung in mir.

ZACHARIAS WERNER Wann glaubst du, kann ich mit deiner Zusage rechnen? Ich bin leider etwas unter Druck geraten.

SCHWAGER OSWALD Zweihundertfünfzigtausend? Na, sagen wir, spätestens nächste Woche. Auch zweihundertfünfzigtausend lassen sich nicht so ohne weiteres aus dem Ärmel schütteln. Ich habe gerade mit der Verschlankung meiner holländischen Büros begonnen. Downsizing heißt ja auf gut deutsch: Betriebskosten sparen, aber gleichzeitig enorm in

neue Technik investieren. Du kannst dir nicht vorstellen, wie ich unter deiner Schwester gelitten habe. Emilie, sei doch so lieb und geh kurz hinaus. Laß uns ein paar Minuten allein.
Emilie erhebt sich und geht hinaus.
Sie ist etwas für Männer, die gern ein Ausrufezeichen hinter sich machen. Oder Klammer auf Ausrufezeichen Klammer zu. Emilie ist ein sehr sehr leiser Mensch, Zacharias. Kerzengerade, aber ein verflucht leiser Mensch. Du kannst dir nicht vorstellen, wie ich unter deiner Schwester gelitten habe. Es ist bei mir zu einem unbändigen Aufstand der Sinne gekommen. Ich konnte sie nicht mehr ertragen. Ich war nicht länger bereit, das traurige Schicksal eines ausgelöffelten Joghurtbechers auf mich zu nehmen. Rechtzeitig, gerade noch rechtzeitig ist es bei mir zu einem unbändigen Aufstand der Sinne gekommen. Zehn Jahre, Zacharias, zehn grausame Jahre war ich ein Kanufahrer im Rinnstein. Jetzt geht's wieder die Wildbäche hinunter! Aber wie! Aber wie! Du weißt ja, die Seele sucht sich eine andere Gesellschaft als der Sex. Deine Schwester war eine anspruchsvolle Dame. Ein geistreiches Biest. Eine schmallippige Spötterin. Eine wahre Teufelszunge.
Er klingelt mit einer Tischglocke, Emilie kehrt an den Tisch zurück, ißt still weiter.
Geld verdient Geld. Kein Mensch kann heute mit seiner Büroarbeit soviel Geld verdienen, wie es das Geld für ihn tut. Kunst, Sport, Bildung, das Spirituelle, praktisch alles wird heute unter geldverdienerischem Gesichtspunkt gesehen. Es ist vollkommen zwecklos, einer solchen Bande von Geldverdienern den Ernst deutscher Schicksale – Kleist Hitler Hölderlin – nahezubringen. Ich gehöre selbst zu den Geldverdienern durch Geld. Ich bin Geschäftsmann für Geschäfte. Ich finanziere Finanzierungen.

ZACHARIAS WERNER Und es gibt nichts mehr, das dich für einen Augenblick fassungslos machen könnte? Kein Wort, keine Niederlage, kein anderer Mensch?

SCHWAGER OSWALD Nichts mehr. Seit der Trennung von deiner

Schwester bin ich Herr über meine Skrupel und Sorgen. Ich bin die geläuterte Freude am Geld. Man redet ja heute ohne jede Hemmung darüber. Also darf ich es endlich offen aussprechen: mein Geld! Es ist das Herzstück meiner Lebenslust. Meiner Ungezwungenheit. Meines Selbstvertrauens. Ich will sagen: Mammon. Mammon ist gewissermaßen der letzte Aktivposten der mythischen Welt in unserem Klugscheißerdasein. Und Mammon, einzig Mammon weist uns den Weg zurück in Welt der Magie, zurück zum Mythos! Zu viele Worte gab es immer, doch nie waren sie wertloser als heute. Emilie, würdest du so lieb sein und dich einen Augenblick auf die Couch dort setzen.
Emilie hört auf zu essen, geht zur Couch, nimmt eine schöne Sitzhaltung ein, neigt ihren auf die Finger gestützten Kopf zur Seite.
Du gehst durch diese unerklärliche Frau hindurch, du dringst in sie ein, du gehst durch sie hindurch und betrittst eine andere Welt. Ein sexuelles Wunderland. Du selbst wirst immer kleiner, sie wird immer unergründlicher. Jede Frau ist nur ein Wegweiser zur nächsten. Unser schreckliches Familienlaster: der Charme. Mein Bruder, mein Vater, sie sind ja genauso. Die Miene spielen lassen, schöne Worte machen, das ist doch alles, was wir können. Im Vergleich zu anderen erfolgreichen Menschen können wir verdammt wenig, fast gar nichts.
Als junger Mensch habe ich alles übernommen, was mein Vater über die Bettkante gezogen hatte … Emilie! Setz dich doch bitte wieder zu uns. Hitler, auf dem Obersalzberg, war immer von Frauen umgeben, lauter Frauen, die ihn immerzu mit »Mein Führer« anredeten. Stell dir vor, eine Frau sagt »Mein Führer« zu dir, auch ein mythischer impact. Hitler auf dem Obersalzberg hielt natürlich auch dort seine endlosen Monologe, aber er entspannte sich im kleinen Kreis, er zerlegte die ganze Welt in tausend Bagatellfälle. Eben wettert er gegen Gauleiter, die sich verkehrswidrig verhalten, und will ihnen den Führerschein entziehen, schon fällt ihm eine neuartige

Herstellung von Kunsthonig ein. Darauf erzählt er eine Episode aus »King Kong«, ergeht sich in antisemitischen Ausfällen, lobt das Fabrikat seines Füllfederhalters, wirft Eva Braun eine Blume zu, erfindet den Volkswagen, weist auf den gegenüberliegenden Berg, in dem angeblich Kaiser Barbarossa haust, und verfällt abrupt in düsteres Schweigen. Die Damen wenden sich mit höflichen Reizfragen an ihn, versuchen den Kerl mit kleinen Reizfragen aufzuziehen wie eine Puppe, bis er wieder hochkommt und einen weiteren seiner gewaltigen Monologe ausströmt. So muß man das mal sehen. Ein Mensch, der von zu vielen Einfällen geplagt wird. Ein Erfinder-Drama. Wieviel brauchst du? Zweihundertfünfzigtausend. Ich muß es mir notieren. Aber was soll das? Schwarz, Weiß, Jude, Eskimo, Koreaner, Deutscher? Es gibt doch nur Männer und Frauen. Genauer gesagt: es gibt nur Mann und Frau.

ZACHARIAS WERNER Es gibt aber auch falsche Männer und Frauen. Es gibt zum Beispiel den Gabelstaplerfahrer, der im Goldflitterkleid am Arbeitsplatz erscheint.

SCHWAGER OSWALD *sieht Zacharias Werner ein wenig argwöhnisch an* Gibt es. Gibt es. Sicherlich.
Und es gibt natürlich den Fall, wo ein Mensch den anderen sexuell nicht mehr unvoreingenommen betrachtet. Du bist einmal in deinem Leben auf eine Koreanerin hereingefallen, eine Koreanerin hat dir eins versetzt. Dann wirst du in Zukunft jede Koreanerin auf den ersten Blick für betrügerisch halten. Jedenfalls auf den ersten Blick. Emilie! Lehn dich doch bitte für uns einmal dort an die Wand. Tu uns den Gefallen. Ich sehe es gerne, wenn du dich schön an die Wand lehnst. Mein Vater war schon nahe den Siebzigern, als er eines Tages auf einem Kongreß – mein Bruder und ich mußten ihn begleiten – irgendeine Barbara wiedertraf. Wir hatten den Eindruck, er hatte sein ganzes Leben lang auf diese Begegnung gewartet. Plötzlich hatte er diese Barbara im Arm, wirbelte mit ihr durch die Hotelhalle und bat uns, ein wenig im Hintergrund zu bleiben. Diese Frau wollte ich fff... seit meiner frühsten Ju-

gend, sagte er. Aber nie war sie allein, nie war ich allein. Und jetzt, fast ein halbes Jahrhundert später, treffen wir uns wieder und stehen endlich allein voreinander. Wir beide sind nun ziemlich in die Jahre gekommen, aber stellt euch vor, ich will sie immer noch fff…, immer noch und auf der Stelle. Es darf doch mein Leben nicht vorübergehen, ohne daß ich es getan habe. Und dann hat er's getan. Es war vielleicht nicht ganz das, was er sich mit siebzehn darunter vorgestellt hatte. Aber darauf kam es nicht an, er hatte sich seinen Jugendtraum erfüllt, und jetzt erst hatte er das Gefühl, daß es genug sei. Das ist alles sehr traurig natürlich. Wir sind ziemlich armselige Kreaturen letzten Endes. Als man meinem Vater die Totenmaske abnahm, trug sie weibliche Züge, die man nie zuvor an ihm gesehen hatte. Er war das geworden, was er im Leben am meisten geliebt hatte. Er war eine Frau unter Frauen geworden.

Er nimmt einige Zierkiesel aus der Schale, die auf dem Tisch steht, und bewirft damit Emilie, ohne Wucht, beinah nachdenklich.

EMILIE *gibt nach jedem Treffer einen einzigen Schmerzenslaut von sich* Au. Au.

SCHWAGER OSWALD *zu Zacharias Werner* Mach mit. Na los.

Zacharias Werner greift zögernd nach den Steinen, wirft dann schlaff, so daß der Kiesel zu Emilies Füßen kullert.

SCHWAGER OSWALD Wirf so, daß du triffst.

Zacharias Werner hebt den Arm. Emilie dreht sich zu ihm um und sagt sehr ruhig und bestimmt …

EMILIE Bitte, werfen Sie nicht nach mir.

ZACHARIAS WERNER *läßt den Arm sinken.*

Ich möchte nicht. Es steht mir nicht zu.

Er beginnt seine Bücher einzusammeln und in den Rucksack zu stecken.

Ich störe eure Ordnung. Ich passe nicht in eure Ordnung. Eine Ordnung, die ich nicht ganz durchschaue.

SCHWAGER OSWALD Es gibt keine Ordnung zwischen uns. Keine Herrschaft. Keine sichere Stunde.

Wir sind allein. Ganz allein.
Das ist unsere einzige Liturgie.
Unser Reich ist ein Binnenreich.
Unsere Lüge ist eine Binnenlüge.
Der Wächter ist der Sklave der Bewachten.
Daß sie meine Gefangene ist, ist nichts.
Daß ich ihr Wächter bin, ist alles.
Na gut. Hören wir auf. Lassen wir den Unsinn.
Emilie, setz dich wieder zu uns. Es ist mir lieber, wenn du in der Nähe bist.
Zu Zacharias Werner
Ich gebe dir in der nächsten Woche Bescheid.
Hundertfünfzigtausend.

ZACHARIAS WERNER Zweihundertfünfzig. Wenn du ein Viertel der Anteile erwirbst.

SCHWAGER OSWALD Zweihundertfünfzigtausend. Ich habe es mir irgendwo notiert.
Nächste Woche. Wenn alles gutgeht. Verstehst du?

ZACHARIAS WERNER Ja. Ich verstehe.

SCHWAGER OSWALD Von mir sagen die Kollegen: was für ein feiner, empfindsamer Mensch.
Nein. Ich bin nicht fein. Ich bin nicht empfindsam. Ich bin genau so ein ungehobelter Klotz wie alle anderen. Weshalb täuschen sich die Leute immer in mir?

ZACHARIAS WERNER Du bist ein feiner, du bist ein empfindsamer Mensch, Schwager Oswald.
Du täuschst dich in dir.

SCHWAGER OSWALD Nein, nein. Die anderen täuschen sich.
Du, mit deinen Büchern, müßtest es eigentlich wissen:
wieviel feiner, wieviel empfindsamer sich ein Mensch verhalten könnte.

ZACHARIAS WERNER Nun gut. Man könnte der Auffassung sein, Gott habe der menschlichen Natur generell den letzten Feinschliff versagt.

SCHWAGER OSWALD Gut. Sicherlich. Wenn du darauf hinauswillst. Obwohl wir uns auch wiederum nicht zu schämen brauchen, oder? Vielleicht gehe ich heute abend noch aus. Vielleicht lade ich ein paar Freunde zu Tisch. Es könnte mich auf andere Gedanken bringen. Wenn nur alles gutgeht.

Die Skrjabin-Schwestern

Ein Flügel auf leerer Bühne. Anja und Zacharias Werner.

ANJA Skrjabin – und was dann? Eine höhere harmonische Auflösung gibt es nicht. Eine höhere Gratwanderung hat niemals stattgefunden.

ZACHARIAS WERNER Aber es ist doch, soviel ich weiß, auch nach Skrjabin noch eine Menge interessanter Musik komponiert worden.

ANJA Die ganze Musikgeschichte seit Skrjabin ist ein einziges musikalisches Davonlaufen vor Skrjabin.

ZACHARIAS WERNER Und Sie spielen ihn jeden Tag?

ANJA Ich spiele ihn seit langem nicht mehr. Meine Schwester spielt ihn jeden Tag. Ich höre zu. Ich kann gar nicht aufstehen oder ins Bett gehen, ohne etwas von ihm zu hören. Das Prélude op. 74, Nr. 2 habe ich bestimmt schon tausendvierhundertmal gehört in meinem Leben.

ZACHARIAS WERNER Sie sind noch sehr jung, Anja, und doch sind Sie eine so freundliche Frau. Es ist eine alte, fast vergessene Freundlichkeit, die Sie ausstrahlen und die es heute nirgends mehr gibt. Ich kenne die hastigen, die ehrgeizigen, die kalten und die gierigen Frauen. S i e sind ganz anders. Ich komme einfach von Ihrem Wesen nicht los. Mir ist, als ob ich Sie in einer Novelle von Gottfried Keller getroffen hätte. Wie soll ich es beschreiben?

ANJA Ich kann Ihnen nicht antworten.

ZACHARIAS WERNER Sie lieben die Musik. Und ich bin ganz unmusikalisch. Ich habe keine Ahnung von Skrjabin. Wie sollte das gehen zwischen uns?

ANJA Sie meinen: wenn in meiner Nähe jemand lebte, der nichts von Musik versteht?

ZACHARIAS WERNER Sie lachen.

Anja Ich würde Sie bald langweilen. Ich sitze drei Stunden neben meiner Schwester und höre ihr beim Üben zu. Und danach lege ich eine Platte nach der anderen auf. Und gerade, wenn Sie sich ein bißchen ausruhen wollen, würde ich eine neue Platte auflegen. Und Sie? Sie würden so tun, als hörten Sie zu. Mir zuliebe. Und darüber würde ich mich ärgern.

Zacharias Werner Das ist eine traurige Aussicht. Die Musik stünde wie eine Mauer zwischen uns. Aber ich kann ja lesen. Sie und Ihre Schwester haben ein hinreißendes Buch über Skrjabin geschrieben.

Anja Finden Sie?

Zacharias Werner Es ist das tiefste und leidenschaftlichste Buch über Musik, das ich kenne. Ich bin sicher, es ragt turmhoch über die gesamte Musikliteratur der letzten Jahrzehnte hinaus.

Anja Ich soll Ihnen von meiner Schwester sagen: wir sind nicht daran interessiert, Ihren Verlag zu erwerben. Wir sind nur daran interessiert, daß unser Buch erscheint.

Zacharias Werner Ich bringe es im nächsten Frühjahr.
Es führt kein Weg daran vorbei. Ich verspreche es Ihnen.

Anja Meine Schwester meint, es paßt nämlich sehr gut in Ihr Verlagsprogramm. Sie haben vor Jahr und Tag eine Modigliani-Biographie und später die Chopin-Kommentare von Pogorzelski gebracht. Wir haben schon mit anderen Verlagen verhandelt. Aber sie bestehen alle auf unerträglichen Kürzungen.

Zacharias Werner Ich bringe es so wie es ist! Eher schneide ich mir die Fingerkuppen ab, als daß ich eine Zeile kürze. In meinen Augen handelt es sich um ein Meisterwerk. Es muß nur bald erscheinen. Ich zittre schon vor Vergnügen, die Fachwelt wird auf die Barrikaden gehen. Das Buch wird dicke Schwaden von akademischem Staub aufwirbeln, die Mandarine werden Zeter und Mordio schreien. Das einzige, was ich wirklich brauche, sind hunderttausend Mark, um den Verlag fit zu halten für den Start im Frühjahr.

Anja Ich habe mit meiner Schwester darüber gesprochen. Sie ist einverstanden. Wir strecken Ihnen die Summe vor, damit unser Buch sorgfältig vorbereitet werden kann.

ZACHARIAS WERNER Das beruhigt mich. Es beruhigt mich außerordentlich. Selbstverständlich werden wir eine vertragliche Vereinbarung treffen in dem Sinne, daß Ihre Einlage mit dem Erlös aus dem Buchverkauf –

ANJA Schon gut. Daran soll es nicht scheitern. Wir werden uns schon einig.

ZACHARIAS WERNER Haben Sie und Ihre Schwester jemals darüber nachgedacht, vielleicht hätten Sie Lust, eine kleine Reihe von Komponistenporträts bei mir herauszugeben?

ANJA Wir dienen nur einem Herrn. Skrjabin.
Da kommt meine Schwester.
Beate und der Komponist Elmar Kitz erscheinen.

BEATE *zu Zacharias Werner* Ich kenne Sie sehr gut. Ich hatte bis vor kurzem einen Agenten, der mir oft von Ihnen erzählte. Ich glaube, er war einmal Kompagnon in Ihrem Verlag.

ZACHARIAS WERNER Guten Tag. Franz Schuster? Meinen Sie den?

BEATE Ein rühriger Mann. Ein zuverlässiger Mann. Leider gab es irgendwann Geschmacksdifferenzen zwischen uns.

ZACHARIAS WERNER Genauso war es bei mir. Ich mußte mich schließlich von ihm trennen und habe ihn ausbezahlt.

BEATE Wohl nicht im vollen Umfang, wenn ich ihn richtig verstanden habe.

ZACHARIAS WERNER So gut wie. Bis auf einen unbedeutenden Restbetrag.

ANJA Bitte, Beate, stell ihn endlich vor. Laß ihn doch nicht so lange herumstehen.

BEATE Ja, dann gibt's hier noch unseren musikalischen Spätling, Elmar Kitz. Ein nicht mehr ganz so vielversprechender Komponist. Anja und ich teilen uns diesen Kraftmenschen.
Wir haben uns gesagt: einer für jede von uns, das wird uns zuviel, das muß nicht sein. Aber finden Sie mal jemanden, der bereit ist, sich für keine von uns beiden zu entscheiden!

Anja Elmar ist jemand, über den es sich leicht spotten und lästern läßt. Aber was für ein feinfühliger Mann, sobald er hinter seinem Computer sitzt und komponiert! Die Menschen ziehen ihn an den Ohren. Er aber lacht, er lächelt immer. Stimmt allen zu, ist immer einverstanden.

Beate Ich klammerte mich an diesen Mann zum Vierhändigspielen. Ich muß diesen Mann ertragen, nur weil ich ihn vierhändig brauche. Ich hafte an seiner Seite, verliere dabei die natürliche Bodenhaftung. Doch leider, ich schwebe nicht. Ich dachte anfangs, ich schwebe, aber ich klebe.

Anja Hör mal, Elmar, du hast doch versprochen, einen kleinen Walzer für deine beiden Bräute zu schreiben?

Elmar Kitz Ha! Einen Walzer? Wißt ihr: das kann ich leider nicht. Ein Walzer ist rund. Meine Musik trägt auf jeder Note einen Dreispitz.

Beate Aber doch hoffentlich: ohne etwas vom scheußlichen »Dreispitz« zu haben?

Elmar Kitz Gott behüte, de Falla, Gott bewahre!
Walzer, das bin nicht ich. Da steck ich nicht drin.

Anja Er hat einmal vollkommen tatenlos mitten im Orchester gesessen. Es war bei einem Konzert der Bamberger Sinfoniker. In der Pause trug er einen Stuhl aufs Podium. Er mischte sich unter die Musiker und ging mit ihnen auf die Bühne. Dann saß er beim Poème de l'Extase vollkommen tatenlos mitten im Orchester.

Elmar Kitz Mir fällt die Musik jetzt manchmal sehr schwer.

Beate Nicht wirklich! Immerhin hast du drei große Sinfonien hinter dir.

Elmar Kitz Hinter mir? Über mir. Sie poltern jede Nacht auf mich nieder. Und jeden Tag schreib ich sie um. Das ist mein Tagwerk: korrigieren! Alles noch einmal überprüfen aus der Sicht des heutigen Tags. Und nachts kracht's wieder über mir zusammen. Und ich zittere vor der Sicht des nächsten Tags.

Anja *flüstert Zacharias Werner zu* Er ist der Mittler, verstehen Sie. Der Mittler zwischen *sie zeigt nach oben* ihm und uns.

Als junger Mensch ging er einmal im Kempinski durch die Halle, wo zufällig Karajan im Gespräch mit Henry Kissinger saß. Er trat auf Karajan zu und sagte: Ich bin Skrjabin. Warum grüßen Sie mich nicht? Aber Karajan ließ sofort die Polizei rufen.

BEATE Ich bitte um Ruhe. Es ist zwei Uhr mittags.
Laßt einen Augenblick Stille einkehren.
Sie versenkt sich.
Ich spreche vom Anfang und von immerdar.
Ich spreche vom Weltliebesbrand, vom Mysterium des Lichts und vom Ende aller Zeit.
Ich spreche vom Akt der Ekstase, der einer neuen Rasse der Luziden das Leben gibt.
Ich spreche vom Opfer des Prometheus, bei dem die Menschheit ihren Anteil am Feuer zurückgibt und dafür eine von Gottheit durchtränkte Natur erhält.
Die Welt wird ihrem Schöpfer zurückgegeben.
Ich bin nichts und nichts ist außer mir.
Ich bin nichts und doch alles.

ANJA Ich will Neues, Niedagewesenes.
Ich will leben. Ich bin das Vibrieren des Lebens,
ich bin das Verlangen, ich bin der Traum.
O mein strahlendes Universum, mein Erwachen,
mein Spiel, mein Aufblühen, mein Verschwinden,
launischer Strom unbekannter Empfindungen,
ich will etwas Neues, Starkes, Zärtliches, neue
Wonnen, neue Martern, neues Spiel.
Bis ich mich verliere, bis ich mich verzehre.
Ich bin die Feuersbrunst, ich bin das Chaos.

ELMAR KITZ Die Worte des Meisters sind unmißverständlich.
Die Berge sind der versteinerte Aufschwung wütender Liebe.
Die Musik ist der vorbereitende Akt, acte préalable, Akt der Vermählung, Akt der leidenschaftlichen Zärtlichkeit des auserwählten Paars. Ich bin der Kristall, der reine Kristall, in dem Musik in allen ihren Farben funkelt.

ANJA *nach dem Gebet wie entschuldigend zu Zacharias Werner* Der Meister war zu der Zeit noch sehr jung. Weltliebesbrand! Der Kommunismus wollte ja im Prinzip nichts anderes.

BEATE Kommunismus? Welcher Kommunismus?

ANJA Du selbst hast mich auf die Parallele aufmerksam gemacht. Weltrevolution – Weltliebesbrand. Menschheitsfeier! Die zeitliche Nähe! Allein die zeitliche Nähe!

BEATE Wenn man dich hört, sieht man förmlich Skrjabin und Lenin Arm in Arm beim Sturm aufs Winterpalais.

ANJA Das nicht gerade.

BEATE Ach? Das nicht? Was dann, Annegret?

ANJA Du weißt doch genau, was ich meine. Wir haben so oft darüber gesprochen.

BEATE Und Herr Zacharias Werner? Willst du es ihm vielleicht erklären?

ZACHARIAS WERNER Das muß ja ein Ungeheuer gewesen sein. Skrjabin. Ein Himmelsstürmer. Ein Epochenstürzer. Ein Nietzsche der Musik!

BEATE Aber bitte: mit umgekehrtem Vorzeichen!

ZACHARIAS WERNER Ich muß mich unbedingt tiefer hineinhören in seine Sachen. Leider bin ich in meiner musikalischen Bildung nicht weit fortgeschritten. Wenn überhaupt etwas, so hat mir aus der baltischen Region bis heute die melancholische Majestät eines Jean Sibelius am meisten zugesagt.

BEATE Me-lancho-lische Majestät? ... Si-be-lius?
Bitte, bring Herrn Werner zur Tür, Anja. In unserem Haus wurde dieser Name ohne Abscheu ausgesprochen. Das war der berühmte kleine Schritt zu weit, auf den der sichere Sturz in den Abgrund folgt.
Sie wendet sich ab. Anja und Elmar Kitz fassen Zacharias Werner rechts und links beim Arm und führen ihn hinaus.

ZACHARIAS WERNER *zu Elmar Kitz* Es wird für Sie als Komponisten auch nicht leicht sein, mit der Braut Skrjabins verheiratet zu sein.

ELMAR KITZ Ich bin ja nicht mit ihr verheiratet.

Oder nicht allein mit ihr.
Ich schenke mich beiden Schwestern.
Ich tu's gern und mir tut's gut.

ANJA Es schmerzt mich, daß es so schnell so schiefging.

ZACHARIAS WERNER Lassen Sie nur. Das bringe ich leicht wieder ins Gerade. Sagen Sie ihr: den Sibelius nehm ich anstandslos zurück. Was soll's? Ich versteh ja nichts von Musik. Aber Ihr Buch erscheint bei mir im Frühjahr.

Der Liftboy

Hotelhalle nachts. Sylvia Kessel in einem Lederfauteuil. Sie weckt mit schrillender Zunge den Nachtportier, der hinter der Rezeption in seiner Kammer schläft. Schließlich hervorkommt, schlaftrunken auf den großen Wecker schlägt, der gar nicht geläutet hat.

SYLVIA KESSEL Hej! Chef! ... Drrrr! ... Drrr!
Cola! Nüsse! Musik!
Ich trug damals das schwarze Kostüm, das mir eine Freundin geliehen hatte. Ich trat vom Bankschalter zurück, ich zählte die brandneuen Scheine, druckfrische blaue Hunderter. Ein Mann beugte sich zu mir und flüsterte mir in den Nacken: »Viel Glück mit Ihrem neuen Geld« ... Du warst es! Ich knöpfte vor deinen Augen meine Bluse auf, ich schob die Scheine gut verteilt in die Schalen meines BHs. Dabei beobachtete ich dein erstauntes Gesicht. Ich sah dein ungläubiges Lächeln ... Ungläubig? Wieso ungläubig?
Blickt hinter sich, der Nachtportier ist wieder verschwunden.
Hej! Chef! ... Drrr ... Drrr ...
Der Nachtportier erscheint wieder, gleicher Vorgang. Dann gibt er dem Hausdetektiv ein Zeichen.
Ich weiß, ich weiß. Ich bin die Frau, die niemand leiden kann. Ich mache mich überall unbeliebt. Ich werde sehr schnell ausfallend in Gesellschaft. Ich stehe dann wie unter Zwang – ein Zustand der inneren Erhitzung. Ich kann mich nicht zurückhalten. Die deplazierten Bemerkungen sprudeln nur so aus mir heraus. Meine besondere Vorliebe gilt den In-dis-kretionen.

DER HAUSDETEKTIV *tritt zu ihr* Und ich bin die Königin der Nacht, Madame. Darf ich Sie bitten, jetzt endlich Ruhe zu geben.

Sylvia Kessel *klammert sich sofort an ihn, angstvoll* Ich bitte Sie, mich zum Schweigen zu bringen.

Der Hausdetektiv Kommen Sie. Ich bringe Sie auf Ihr Zimmer.

Sylvia Kessel Wollen Sie mich bitte zur Ruhe bringen?
Ich wohne nicht hier. Ich warte hier auf meinen Verleger.

Der Hausdetektiv Mitten in der Nacht? Ich denke, Sie haben genug getrunken.

Sylvia Kessel Ich habe nicht getrunken. Eine halbe Mne-mo-sil habe ich genommen. Mne-mo-sil eins versetzt dich zurück an einen beliebigen Tag zwischen deinem dreizehnten und siebzehnten Lebensjahr. Mne-mo-sil zwei versetzt dich zurück an einen beliebigen Tag zwischen deinem achten und dreizehnten Jahr. Mne-mo-sil drei –

Der Hausdetektiv Ich verstehe. Kommen Sie. Ich begleite Sie zum Taxistand.

Sylvia Kessel Früher mußte man sich mühsam erinnern.
Heute schmeißt du eine Pille ein und bist rundum dort, wo du am liebsten für immer geblieben wärst. Mnemosil drei – na gut. Gehen wir. Der Hurenbock kommt ja nicht. »Zacharias Werner«. Wenn ich das schon höre. Ach, mein lieber Zaches ...

Beide ab. Gregor und Konstantin, Vater und Sohn, kommen von links mit zwei Koffern.

Gregor Du bleibst auf deinem Zimmer, bis deine Mutter kommt. Du gehst mit ihr zum Mittagessen. Dann gehst du wieder auf dein Zimmer. Du läßt dich von niemandem ansprechen. Du verläßt das Hotel nicht. Ich bin in zwei Tagen zurück.

Konstantin Ja, Vater.

Gregor Konstantin, hör mal zu, mein Junge. Wer hat das gesagt? Wer hat gesagt: Ich weiß durch das Gesetz, wie ich mit Gott dran bin und muß alle Zeit sorgen, Gott komme mit einer

Keule hinter mir und schlage mich an den Kopf. Na? Wer hat das gesagt?

KONSTANTIN Ich weiß es nicht, Vater.

GREGOR Du weißt es nicht? Nie, nie weißt du es. Denn ich muß alle Zeit sorgen, Gott komme mit einer Keule hinter mir und schlage mich an den Kopf. Na, wer könnte es gesagt haben?

KONSTANTIN Ich weiß es nicht, Vater.

GREGOR Luther natürlich, du Nuschel. Und wer hat das gesagt? Wer hat gesagt: Deshalb haben wir zwei Ohren und nur einen Mund: damit wir mehr hören und weniger reden?

KONSTANTIN Zenon von Elea.

GREGOR Das stimmt. Sehr richtig. Soll es gesagt haben.

KONSTANTIN Der Überlieferung nach.

GREGOR Denn?

KONSTANTIN Nichts Schriftliches.

GREGOR Sehr gut, mein Junge. Wir leben stürzend. Umstürzend, hochhinabstürzend, grundstürzend. Wir tun einen Sturz unser Lebtag. Nichts als stürzen können wir. Verstehst du mich?

KONSTANTIN Ja, Vater. Es geht nicht aufwärts, sondern geradewegs in die Tiefe.

GREGOR Sehr gut, mein Junge. Es geht nicht vorwärts, es geht nicht geradeaus, nicht aufwärts. Aufstieg, Fortschritt: falsch! Saussturz. Nieder, Nacht, ab in die Tiefe. In die ewige Finsternis. Bis auf ein geringes Atemglühen. Verstehst du mich?

KONSTANTIN Ja, Vater. Dies ist eine Vision.

GREGOR Sehr gut, mein Junge.

Sie gehen nach rechts ab. Ihnen begegnet ein Hotelgast, der an der Rezeption den Nachtportier herausklingelt. Vor ihm rekapituliert er den folgenden Einwort-Dialog mit seiner Frau oder Geliebten, indem er bei jedem Personenwechsel mit zusammengeschlagenen Hacken von rechts nach links springt, mit halber Drehung um die eigene Achse. Auf der linken Seite zeigt sich eine schlanke, kurzhaarige Blondine im Kostüm des Liftboys. Kakao-

braune Jacke mit Goldknöpfen. Flache Kappe schräg auf dem Kopf. Tritt hervor und schaut, ob von der Rezeption jemand zum Aufzug kommt.

EIN HOTELGAST Ich: Liebste. Sie: Frosch. Ich: Engel. Sie: Drecksack. Ich: meine Sünde. Sie: Pott! ... Wie schlecht man überall behandelt wird.

DER LIFTBOY *neben dem Hotelgast* Und Sie? Sind Sie nicht einfach zu gutmütig?

EIN HOTELGAST Ich? Ich weiß nicht ... Glauben Sie? Bin ich nicht gemein genug? Gute Frage. Ich dächte, ich hätte auch meine Ecken und Kanten. *Zum Nachtportier* Die Nummer zweihundertsiebenunddreißig bitte. Ich bin so ein mittelgroßer, dunkelblonder, nicht ganz, nicht mehr ganz vollhaariger Brillenträger ... ja ... was noch? Selbstbeschreibung, sagt sie. Beschreib dich selbst, und du weißt, wer du bist.

Der Liftboy mit Hotelgast zum Aufzug nach links ab. Der Hausdetektiv hinter dem Liftboy her. Kommt zurück. Zum Nachtportier.

DER HAUSDETEKTIV Seit wann gibt es bei uns im Confidence einen Liftboy?

NACHTPORTIER *gähnt* Weiß nicht.

DER HAUSDETEKTIV Ich kenne sie. Ich weiß genau, wer sie ist.

Der Liftboy kommt zurück. Eine alte Frau ist an die Rezeption getreten, läßt sich ihren Schlüssel geben. Der Liftboy kümmert sich um sie, so daß der Hausdetektiv nicht an ihn herankommt.

DER LIFTBOY In welchen Stock darf ich Sie bringen?

EINE ALTE FRAU Ich brauche keinen Liftboy. Ich habe kein Trinkgeld bei mir.

DER LIFTBOY Ich fahre Sie. Sie sehen ja mit Ihren schwachen Augen die Etagenanzeige nicht.

Sie gehen nach links zum Aufzug.

EINE ALTE FRAU Ich seh nicht mehr viel. Ich komme so spät noch von meinem Mann aus dem Krankenhaus.

DER LIFTBOY Erzählen Sie, erzählen Sie.

EINE ALTE FRAU Da gibt's nicht mehr viel zu erzählen. Er ist gestern noch einmal operiert worden. Wußten Sie, daß die Tumore zu riechen beginnen? Am Ende stinken sie so, daß selbst die lieben Verwandten Reißaus nehmen.

DER LIFTBOY Tja. Am Ende da kommt einiges zusammen.

Signalton des Aufzugs.

DER HAUSDETEKTIV Leider zu spät. Aber gleich erwisch ich sie. Sie arbeitet doch bei uns in der Küche.

Signalton des Aufzugs. Der Liftboy kommt wieder in die Halle.

Sie arbeiten doch bei uns in der Küche!

DER LIFTBOY Ich arbeite bei uns nicht in der Küche.

Ich arbeite bei uns in der Buchhaltung.

DER HAUSDETEKTIV Aha. Dann kenne ich Sie von dort.

DER LIFTBOY Ja. Ich bin die zweite Buchhalterin. Wenn Sie reinkommen, linker Hand, gleich hinter der ersten die zweite, das bin ich.

DER HAUSDETEKTIV Haben Sie eine Befugnis, den Aufzug zu begleiten? Das Hotel beschäftigt keine Aufzugbegleitung. Stellen Sie sich vor, es passiert Ihnen etwas. Aufzug stockt. Plötzliche Rauchentwicklung. Erstickungsanfall. Randalierender Gast. Keine Kasse zahlt. Es gibt keine Liftboystelle im Confidence. Der Ärger mit dem Arbeitsamt.

DER LIFTBOY Ich mach's ja ordentlich. Kein Grund zu klagen. Ich muß das manchmal tun. Nachts.

DER HAUSDETEKTIV Sie hören auf damit.

DER LIFTBOY Ich mach's doch ordentlich. Die Leute sind mit mir zufrieden.

DER HAUSDETEKTIV Ziehen Sie die Livree aus.

DER LIFTBOY Nur heute noch.

DER HAUSDETEKTIV Ich verliere meinen Job, ich!

DER LIFTBOY Sie brauchen nur zu sagen: ich wußte nicht, daß es keinen Liftboy mehr gibt. In so einem riesigen Hotel. Ich muß das manchmal machen. Schon mit fünfzehn hab ich es manchmal machen müssen.

DER HAUSDETEKTIV Auch damals gab es schon keine Liftboys mehr. Wie alt bist du?

DER LIFTBOY Zweiundzwanzig.

DER HAUSDETEKTIV Das ist ein Tick.

DER LIFTBOY Ja. Das ist ein Tick.

DER HAUSDETEKTIV Wenn das jemand erfährt.

DER LIFTBOY Morgen ist alles vorbei.

Ein später Gast tritt zu den beiden. Der Hausdetektiv wendet sich ab.

DER LIFTBOY In welche Etage darf ich Sie bringen?

EIN SPÄTER GAST Sie sind doch kein Liftboy?

DER LIFTBOY Was denn sonst?

EIN SPÄTER GAST Na gut. Fahren wir.

DER LIFTBOY Moment. Ich glaube, da kommt noch jemand.

EIN SPÄTER GAST Sie wollen mir doch nicht zumuten, hier zu warten, bis der Aufzug voll ist?

DER LIFTBOY Nein. Sie haben recht. Fahren wir.

EIN SPÄTER GAST Ich muß in die oberste Etage.

DER LIFTBOY In den sechzehnten Stock?

EIN SPÄTER GAST Ich sag Ihnen gleich, daß ich im Aufzug nicht derselbe bin wie zu ebner Erde.

DER LIFTBOY Das geht uns allen so.

EIN SPÄTER GAST Sie werden mir behilflich sein müssen.

DER LIFTBOY Wobei?

EIN SPÄTER GAST Ich bekomme es mit der Angst, sobald es nach oben geht. Es könnte sein, daß ich Sie bitte, mir beizustehen.

DER LIFTBOY Beistehen? Wie soll das aussehen?

EIN SPÄTER GAST Sie verstehen mich doch?

DER LIFTBOY Offen gestanden, ich mach das hier aus einem Kindertraum heraus. Ich bin gar kein echter Liftboy.

Ein später Gast Das sehe ich.

Der Liftboy Das Hotel verfügt über keine Liftboystelle. Die bringen mich vors Arbeitsgericht, wenn ich irgend etwas anstelle.

Ein später Gast Wir beide sind allein. Es sieht uns niemand.

Der Liftboy Wenn jemand dazusteigt?

Ein später Gast Wir lassen niemanden zusteigen.

Der Liftboy Warum erzählen Sie mir das alles vorher? Jetzt weiß ich doch haarklein, was gleich passiert.

Ein später Gast Ich erzähle es nur, um mir selbst ein wenig die Angst ... vor dem Fahrstuhl zu vertreiben.

Der Liftboy Und mir welche einzujagen, wie? Also ich zähl Ihnen mal auf, was mir schlimmstenfalls schon passiert ist im Fahrstuhl. Einer versucht mich zu küssen. Einer macht sich die Hose auf. Einer faßt mir unter die Livrée. Einer drückt mir sein Bein wohin. Das ist es im großen und ganzen. Zu mehr ist auch die Zeit zu kurz. Es ist unschön, sehr unschön, aber es macht mir den Traum vom Liftboy nicht kaputt.

Ein später Gast Aber ich – ich habe Angst! Ich brauche jemand, der mit mir spricht während der Fahrt.

Der Liftboy Das haben wir jetzt praktisch schon hinter uns.

Ein später Gast Also lassen Sie mich die Wahrheit sagen: Sie müssen mich bei der Hand nehmen. Das ist alles. Meine Hand festhalten.

Der Liftboy Das ist bekannt. Dann habe ich Ihre Hand in der Sekunde anderswo. Ich kann damit umgehen, schön ist es nicht, aber den Traum vom Liftboy macht es mir nicht kaputt.

Ein später Gast Wenn Sie immerzu sagen: so ist es eben, unschön, aber es macht mir nichts aus, das macht mich kleiner als ich bin. Sie könnten sich auch ein wenig fürchten vor mir. Das macht mich größer als ich bin. Ich hätte weniger Angst.

Der Liftboy Tu ich nicht. Hab ich mich oft gefragt. Aber ich fürchte mich einfach nicht.

Das Kind Konstantin kommt durch die Halle.

Der Liftboy Wo willst du denn hin? So spät. Welcher Stock?

KONSTANTIN Weiß nicht.
DER LIFTBOY Welche Zimmernummer?
KONSTANTIN Vergessen.
DER LIFTBOY Zum wem gehörst du?
KONSTANTIN Mein Vater ist für zwei Tage verreist.
DER LIFTBOY Du wohnst doch nicht ganz allein in diesem riesigen Hotel.
KONSTANTIN Doch. Bis meine Mutter kommt. Morgen zum Mittagessen.
DER LIFTBOY Dann gehst du jetzt zur Rezeption und fragst, welches Zimmer dein Vater hatte.
KONSTANTIN Da ist niemand.
DER LIFTBOY Da ist niemand im Augenblick, stimmt. Paß auf, ich fahre dich einmal hoch und runter. Wenn du die Etagenzahlen siehst, fällt dir vielleicht das richtige Stockwerk ein.
KONSTANTIN Es fällt mir bestimmt ein.
DER LIFTBOY *zu dem späten Gast*
Entschuldigen Sie mich einen Augenblick.
EIN SPÄTER GAST Sie spannen mich auf die Folter.

Der Liftboy mit Konstantin ab. Klingelton des Aufzugs. Von rechts kommt Sylvia Kessel mit Zeitungen unter dem Arm. Setzt sich in einen Sessel der Lounge. Signalton des Aufzugs. Konstantin und der Liftboy kommen zurück in die Halle.

DER LIFTBOY Du bist sicher, es war der sechste Stock?
KONSTANTIN Ja, ich bin sicher.
DER LIFTBOY Jetzt mußt du die Zahlen sehen an den Schlüsselfächern. Du gehst an den Fächern entlang und erkennst deine Zimmernummer. *Zu dem späten Gast* Gedulden Sie sich noch einen Augenblick?
EIN SPÄTER GAST Sie spannen mich auf die Folter.

Ein zweiter später Gast kommt in die Halle, geht auf den Liftboy zu.

ZWEITER SPÄTER GAST Ich hatte heute bereits das Vergnügen …

DER LIFTBOY Sie? Nein. Sie fahre ich nie wieder. Sie wissen nicht, was sich gehört.

ZWEITER SPÄTER GAST Ich bitte vielmals um Entschuldigung. Ich hatte vorhin nicht das angemessene Trinkgeld dabei. Ich bin nur gekommen, um meine Schuld bei Ihnen zu begleichen.

Steckt ihr Geldscheine in die Hand.

Leben Sie wohl.

KONSTANTIN Da ist er! Dreihundertundeins! Das ist er!

ZWEITER SPÄTER GAST Ich glaube nicht, daß ich irgendwo auf der Welt jemals wieder Aufzug fahren werde, ohne an Sie zu denken. Es war mir ein Bedürfnis, Ihnen dies noch zu sagen.

Er geht nach rechts ab. Der Liftboy und Konstantin gehen zum Aufzug.

DER LIFTBOY So. Hier ist dein Schlüssel. Ich bringe dich auf dein Zimmer.

EIN SPÄTER GAST *geht zu Sylvia Kessel* Also, entschuldigen Sie, wenn ich mich irre. Ich sehe Sie die ganze Zeit von der Seite an. Sie sind doch die Sylvia Kessel?

SYLVIA KESSEL Ja.

EIN SPÄTER GAST Ich habe mal einen Kräutertee für Sie gekocht. Erinnern Sie sich? Bremerhaven. Buchhandlung Köster in der Nestorgasse. Das bin ich.

SYLVIA KESSEL Sie sind das! Ich war stockheiser. Sie haben mir einen Tee gekocht vor der Lesung. Richtig.

EIN SPÄTER GAST Fünfundsiebzig Leute waren gekommen! Ganz außerordentlich für das kleine Bremerhaven. Wann besuchen Sie uns wieder? Wir warten doch alle auf ein neues Buch von Ihnen!

SYLVIA KESSEL Ich hoffe, ich bin bald wieder in Bremerhaven. Wenn es nach mir ginge, noch in diesem Jahr.

EIN SPÄTER GAST Frau Kessel. Ich bin in einer Verlegenheit. Es ist mir peinlich. Aber ich muß endlich auf mein Zimmer. Es liegt ausgerechnet im obersten Stockwerk. Würden Sie so liebenswürdig sein, mich zu begleiten? Ich fürchte mich vor dem Aufzugfahren. Alleine schaffe ich's nicht.

SYLVIA KESSEL Aber gern. Ich bringe Sie auf Ihr Zimmer. Wie geht denn Ihre Buchhandlung? Wir saßen damals in einem Gewölbekeller, wenn ich mich recht entsinne ...

EIN SPÄTER GAST Ja, in unserem Lager. Wir sind eine der wenigen Buchhandlungen, die sich noch ein größeres Lager leisten. *Zu dem Liftboy, der von links kommt und sich ihnen in den Weg stellt.*

SYLVIA KESSEL Was wollen Sie?

DER LIFTBOY I c h hole hier die Gäste ab, die ängstlichen vor allem, und bringe sie sicher auf ihr Stockwerk.

SYLVIA KESSEL Sie? Sie sind gar kein Liftboy. Ich weiß doch Bescheid.

DER LIFTBOY Was denn sonst?

Sylvia Kessel und der späte Gast nach links ab. Signalton des Aufzugs.

DER LIFTBOY Wollen Sie alleine fahren?!
Halt! Warten Sie! ...
Hoffentlich bleiben Sie stecken.
Ein Desaster.
Ich hab einen Fehler gemacht.
Die Tussi kommt mir dazwischen.
Ich hab den Kerl falsch eingeschätzt.
Wie kommt der so schnell an eine Bekanntschaft?

Signalton des Aufzugs. Sylvia Kessel kommt von links in die Halle.

DER LIFTBOY *ihr scharf auf den Fersen* Das tust du nie wieder. Du Schramme!

SYLVIA KESSEL Nein. Niemals.

DER LIFTBOY Ich liebe Hotelgäste. Du weißt nicht, was es für mich bedeutet. Ich bin jedem behilflich. Ich lasse mir von dir das Geschäft nicht verkacken.

SYLVIA KESSEL Suchst du Streit?

DER LIFTBOY Ich begleite die Leute. Du läßt die Finger davon.

Sylvia Kessel *setzt sich* Die meisten fahren still und sprachlos mit dir in die Höhe?

Der Liftboy Die meisten ja.
Und er? Was hat er gemacht? Geklammert?
Er hatte irgendwas nötig.

Von rechts kommt Zacharias Werner. Während der folgenden Szene bleibt der Liftboy die ganze Zeit rückwärts an die Couch gelehnt neben Sylvia Kessel und versucht sich immer wieder ins Gespräch zu bringen.

Zacharias Werner Sylvia Kessel! Ich küsse Sie! Ich gratuliere. Ihr Buch springt an! Und wie es anspringt. Wenn es so weiter springt, haben wir Mühe nachzudrucken. Dreitausend vorüber! …

Der Liftboy Die meisten sind brav. Die anderen sind die Ausnahme.

Zacharias Werner Gestern rief der alte Bösche an, vollkommen geklatscht: Das ist Weltliteratur, stammelte er. Sylvias neues Buch: Weltliteratur! Ich sagte: Moment, verehrter Meister. Sylvias neues Buch, das ist beste deutsche Prosa. Nicht mehr und nicht weniger. Deutsch, schon mal gehört? Ich hab mich natürlich etwas vorsichtiger ausgedrückt. Aber ich habe darauf bestanden, daß es ist, was es ist, Ihr schönes Buch.

Der Liftboy Aber man muß auch bei den Braven immer auf eine plötzliche Ausnahme gefaßt sein.

Sylvia Kessel Schweig, Süße. Einen Augenblick noch.

Der Liftboy Frauen wie du. Wild entschlossene.

Sylvia Kessel Es ist gut.

Zacharias Werner Sind Sie die Erwählte des Kritikers Friedrich, so sind Sie die Erwählte des Todes. Alles, was er lobt, geht unweigerlich zugrunde. Friedrich ist lähmendes Gift. Bösche ist belebendes Gift.

Sylvia Kessel Gibt es eine Lesereise? Ich würde gern auf Lesereise gehen.

ZACHARIAS WERNER Ich bereite sie gerade vor. Ich sortiere die vielen Anfragen. Jetzt habe ich wirklich alle Hände voll zu tun. Besser kann es mir nicht gehen. Hier, sehen Sie, das sind die Verkaufszahlen für die erste Woche. Ich küsse Sie.

SYLVIA KESSEL Warum tun Sie's eigentlich nicht?

ZACHARIAS WERNER *mit Pathos* Sylvia! Sie drucken nicht weiter in Gernsheim. Die haben uns ausgesetzt. Die Grossisten machen mir die Hölle heiß, und ich kann nicht liefern. Die Druckerei will Geld sehen, sonst druckt sie keinen Bogen mehr. Ich selbst bin gegenwärtig vollkommen ausgeblutet. Sämtliche Banker drehen sich auf dem Absatz rum, wenn ich die Kassenhalle betrete.

DER LIFTBOY Hat er dir was gegeben? Du hast doch Geld bekommen von ihm?

ZACHARIAS WERNER In diesem Buch steckt die Hälfte meiner Lebensversicherung, mein Rennrad sowie eine Beuys-Zeichnung meiner Schwester. Das alles habe ich aufgebracht, damit Ihr Buch überhaupt erscheinen konnte. Jetzt springt es an, und wir können nicht weiterdrucken.

DER LIFTBOY Für das, was du bei dem machen mußtest, hast du bestimmt zwei Hunderter bekommen.

SYLVIA KESSEL Ich habe ihm nur die Hand gehalten.

DER LIFTBOY Na danke. So sah der gerade aus.

ZACHARIAS WERNER Wenn Sie diese Zahlen, Sylvia, Ihrer Bank vorlegen, die Verkaufszahlen nur für die erste Woche, ich bin sicher, die blättern Ihnen geradeaus sechsundsechzigtausend hin, einen lächerlichen Bruchteil vom Gewinn, den dieser Titel uns bringen wird. Sechsundsechzigtausend und fünfhundertdreizehn D-Mark. Sonst drucken die nicht weiter. Ihr Buch ist erledigt, wenn wir jetzt nicht liefern können.

DER LIFTBOY Soweit mußte es einmal mit mir kommen. Ich fahr die Kinder, die Alten und Kranken, und der Hauptrenner des Abends geht mir durch die Lappen. Du kannst dich noch auf was gefaßt machen.

SYLVIA KESSEL Gedulde dich noch einen Augenblick.

Zacharias Werner Es scheint Sie nicht weiter zu beeindrukken, was ich über Ihr Buch berichte. Überrascht es Sie nicht?

Sylvia Kessel Doch.

Der Liftboy Zu spät. Genug für heute. Es kommt ja niemand mehr.

Sie rutscht von der Lehne, zieht die Kappe ab, knöpft Ihre Livree auf und verschwindet langsam im Hintergrund.

Laß dich hier nie wieder blicken.

Zacharias Werner Sie könnten mich wenigstens einmal ansehen. Sie sehen die ganze Zeit unter sich.

Sylvia Kessel Ich sehe weit tiefer als unter mich. Ich blicke in den Abgrund zwischen meinen beiden Fersen. Ich spiegle mich in einem schwarzen See tausend Meter unter meinen Füßen. Ich höre Ihrer Stimme an, was sie mir verschweigt.

Zacharias Werner Was zum Beispiel?

Sylvia Kessel Zum Beispiel ... na ja. Daß Sie sich wahrscheinlich erst in dem Moment in mich verliebt haben, als das Buch zu rennen anfing ...

Zacharias Werner Ich spiele nicht mit Ihnen. Ich kämpfe für Sie. Glauben Sie nicht, daß ich es manchmal leid bin, bei den ordinärsten sogenannten Entscheidungsträgern vorzusingen? Völlig gedankenlose Menschen zum Umdenken zu bewegen? Völlig Unbewegbare überhaupt ein wenig in Bewegung zu versetzen? Nämlich allenfalls in eine flüchtige Stimmung von Mitleid oder Nachgiebigkeit, so daß sie, nur um mich loszuwerden, immer den gleichen Satz benutzen: »Nun gut, in Gottes Namen, hier haben Sie meine partielle Zusage« ... Ja, die partielle Zusage. Die hab ich immer in der Tasche. Die trag ich immer mit nach Haus.

Sylvia Kessel Wir müssen alte Wäsche, Lumpen, Fetzen zu einem dicken Zopf verdrehen und uns langsam tausend Meter tief zu diesem stillen See herablassen.

Zacharias Werner Darf ich mich denn darauf verlassen, daß Sie die sechsundsechzigtausend bis Montag früh beschaffen?

Der Shuttle

VITTORIO Weißt du, Alfredo, wenn ich du wäre –

ALFREDO Bist du doch.

VITTORIO Na, dann kennst du ja das Gefühl: der Graben zwischen uns wird täglich tiefer.

ALFREDO Ich spüre sehr deutlich, daß die äußere Ruhe und die innere Dramatik zwischen uns zwei getrennte Welten sind.

VITTORIO Wenn ich du wäre, hätte ich mich längst nach einem anderen Partner umgesehen.

ALFREDO Was nützt mir das? Dann wäre der andere ein anderer und ich selbst wäre immer noch derselbe. Was hätte ich davon?

VITTORIO Stimmt. Wir beide müßten vollkommen andere Kerle sein. Dann würden wir uns auch besser von allen anderen abheben.

ALFREDO Ich glaube, das stimmt nicht. So war es früher einmal. Heute muß man genauso, und zwar hypergenauso sein wie alle anderen. Und darin, im Genausosein, muß man sie überbieten. Derselbe sein wie alle anderen, nur mit einem kleinen Kick mehr vom Selben. Darauf kommt's heute an.

VITTORIO Der Shuttle zwischen uns –

ALFREDO Zwischen uns gibt es keinen Shuttle.

VITTORIO Es gibt ihn. Er verkehrt zwischen deinem Gesamtwesen und meinem Gesamtwesen. Sonst wären wir nicht da, wo wir jetzt sind. Der Shuttle verkehrt aber nur dreimal täglich. Morgens beim Gutenmorgensagen. In der Mittagspause. Und abends beim Abschminken. Dreimal am Tag fließt so etwas wie menschliche Wärme zwischen uns. Die übrige Zeit schleichen wir umeinander herum wie um den heißen Brei. Wir fragen uns: Wer ist dieser andere eigentlich? Was will er letzten Endes von mir? Was hat das nun wieder zu bedeuten? Warum tut er so, als hätte er genug von mir? Fragen, die weder du noch ich beantworten können. Aber dann: der Shuttle.

Dreimal täglich. Auf den kann man sich verlassen. Daran ändert sich nichts. Auch etwas, wovon andere nur träumen können.

ALFREDO Es gibt diesen Shuttle nicht.

VITTORIO Noch mal.

ALFREDO Ich sage: diesen Shuttle gibt es nicht.

VITTORIO Meinetwegen nenn es, wie du willst. Ich nenne es Shuttle.

ALFREDO Zwischen dir und mir verkehrt nichts dreimal täglich, gar nichts.

VITTORIO Das sagst du.

ALFREDO Ja.

VITTORIO Ich freue mich darüber, daß für mich dieser Shuttle existiert. Ich freue mich aber auch darüber, daß er für dich nicht existiert.

ALFREDO Du hast mich nicht verstanden. Der Shuttle, so gesehen, existiert an sich nicht. Er existiert auch für dich nicht.

VITTORIO Na, da kommt ja was zusammen.

ALFREDO Das hättest du dir früher überlegen sollen.

VITTORIO Ich sage dir, noch sechs, sieben qualvolle Minuten, und der Shuttle setzt sich wieder in Bewegung. Trotz allem.

ALFREDO Trotz allem! Wenn du dich nur nicht übernimmst!

VITTORIO Ich kenne uns beide eben ein bißchen besser als du.

ALFREDO Aber ich kenne dich besser als du mich.

VITTORIO Das sagst du nur, um mich einzuschüchtern.

ALFREDO Du sitzt breit auf deinem Sessel. Du lehnst dich bequem zurück.

VITTORIO Ich lehne? Sieht lehnen so aus? Ich sitze auf der äußersten Kante meines Sessels, bereit, jeden Augenblick wie aus allen Wolken zu fallen.

ALFREDO Du fällst nie.

VITTORIO Und in Pirmasens? Was war da?

ALFREDO Bist du dort etwa vom Stuhl gefallen?

VITTORIO Ich habe nicht behauptet, daß ich vom Stuhl gefallen sei.

Alfredo Weil dich eben nichts mehr umwirft, Vittorio.

Vittorio In Pirmasens bin ich immerhin aus allen Wolken gefallen.

Alfredo In Pirmasens, du Zeppelinfahrer, in Pirmasens habe ich dich ein einziges Mal drangekriegt. Ein einziges Mal hab ich dich richtig erwischt.

Vittorio Davon sitze ich noch heute auf der Stuhlkante, du Meßglöckchen. Um besser vorbereitet zu sein, wenn du zu einem zweiten Pirmasens ausholst.

Alfredo Das werde ich nicht tun. Lehn dich nur zurück. Wie es deinem inneren Naturell entspricht. So dumm bin ich nicht, daß ich dir mit einem zweiten Pirmasens käme.

Vittorio Bei dir weiß man im Ernstfall nie. Besser gesagt: dir gegenüberzusitzen, heißt, ständig auf den Ernstfall gefaßt zu sein. Du könntest mir in jeder unbeobachteten Minute wieder eins auswischen. Und schlimmer als in Pirmasens.

Alfredo Könnte ich. Könnte ich. Aber nicht, wenn du so gefaßt darauf bist. Es trifft dich ja nichts, wenn du unentwegt auf alles gefaßt bist. Ich bin zum Beispiel sehr genau darüber im Bilde, daß du deine Frau betrügst. Aber aus dieser Ecke würde ich dir niemals einen Schlag versetzen. Ich weiß ja, du sitzt überhaupt nur so scharf auf der Quivivekante, um ja nichts zu versäumen, was mir eventuell versehentlich über deine kleine Geliebte, diesen kleinen Zacken-zuviel in jeder Beziehung, über die Lippen springen könnte. Aber verlaß dich darauf, aus dieser Ecke kommt nichts. Du kannst dich ruhig zurücklehnen. Dabei hat deine Frau gerade ein wunderschönes Waffeleisen für dich gekauft.

Vittorio Woher weißt du das, Alfredo?

Alfredo Ich habe sie angerufen, du Sohn einer Maus!

Vittorio Donnerwetter. Wäre ich nie drauf gekommen. Allein die Idee! Einfach zum Hörer greifen, anrufen, fertig. Also, das muß einem erst mal einfallen, du Schredderkopp.

Alfredo Du ißt so gerne Waffeln, sagt sie. Ich kaufe ihm gerade ein Waffeleisen. Ich selbst esse keine Waffeln. Aber er, ihm geht nichts drüber. So eine Frau hast du. Und was tust du, mir gegenüber? Du machst dich lustig über sie. Gerade ist sie unterwegs und kauft dir ein Waffeleisen. Ich sollte es dir nicht sagen, es sollte eine Überraschung für dich sein. Aber jetzt, wo deine Undankbarkeit so schroff zutage tritt, bin ich außerstande, mein Versprechen zu halten. Dir, dem nichts über Waffeln geht, mußte ich es sagen, auch wenn deine Frau mir jetzt vorwirft, ich hätte mein Wort gebrochen, falls du nämlich nicht die waschechte Überraschung zeigst, wenn du nach Hause kommst, und Dankbarkeit nur heuchelst, weil du ja das Gegenteil davon besitzt.

VITTORIO Noch habe ich das Waffeleisen nicht. Noch glaub ich nicht dran. Rufst du meine Frau immer so aus heiterem Himmel an?

ALFREDO Ich rufe deine Frau niemals aus heiterem Himmel an. Sondern immer nur dann, wenn sich düstere Wolken über uns zusammenballen. Wenn ich mich gezwungen sehe, mit ihr über dich zu reden.

VITTORIO Es gibt also noch mehr Dinge zwischen dir und mir, als sie zwischen uns beiden zur Sprache kommen. Es wird also noch über mich mit jemand anderem gesprochen, und zwar mit meiner eigenen Frau. Dann kann ich hier lange auf dem Quivive sitzen und aufpassen wie die Schildwache, wenn du hinter meinem Rücken etwas sagst, das ich gar nicht mitkriegen kann und das mich dann eines Tages eiskalt im Nacken erwischt. Das ist nicht fair.

ALFREDO Ich habe dir doch gesagt. Du kannst dich in Ruhe zurücklehnen. Diesmal komme ich aus einer ganzen anderen Ecke als damals in Pirmasens. Mach's dir bequem, Vittorio.

Pancomedia

Restaurant und Speisesaal im Hotel Confidence. Zwei angrenzende Tische, an denen Onkel Bernd und Kerstin sowie Ina Schmölling-Knecht (Rücken an Rücken mit Onkel Bernd) und Zacharias Werner sitzen.

KERSTIN Was suchst du bei den Frauen, Onkel Bernd?

ONKEL BERND Ich weiß es nicht. Vielleicht Verständnis. Ein bißchen Verständnis dafür, daß ich sie nicht mehr so liebe wie früher.

KERSTIN Aber du kannst mir heute, in jeder Nacht, vielleicht, immerzu, vielleicht ein Kind machen.

ONKEL BERND Ich habe aus Versehen an deinem Glas genippt. Hier, nimm ein neues.

KERSTIN Trink bitte weiter aus meinem. Ich bitte dich darum. Du kannst mich bestimmt sehr glücklich machen.

ONKEL BERND Weißt du, Kerstin, ich tropfe seit einiger Zeit wie ein rostiger Wasserhahn. Aber ich soll immer noch meinen Mann stehen, immer noch den Legestachel ausfahren. Man ist kaum noch Haut und Knochen. Man nimmt vorher seine Zähne aus dem Maul. Man mißt den Blutdruck. Und dann Augen zu und draufhalten.

KERSTIN Aber wer zwingt dich dazu?

ONKEL BERND Ich. Ich zwing's mir ab. Ich kämpfe – ich kämpfe um meinen Status als Durchschnittsmensch. Ich spreche im Grunde von den berüchtigten kommunizierenden Röhren. In mir steigt gerade soviel Saft wie in der Gesamtheit der Greise. Ich kann mich gar nicht dagegen wehren. Gäbe die Allgemeinheit Ruhe, so fände ich endlich auch die meine. Bis zum letzten Atemzug grient uns die Fratze des Sex entgegen. Überall um uns keucht und schleckt und sabbert es. Niemand nimmt mehr mit Anstand Abschied von seinem Geschlechtsleben. Sie wollen noch als Skelette aufeinandersteigen und es munter klappern lassen. Manchmal habe ich das Gefühl, als wären wir alle miteinander von Aristophanes erfunden. Lauter übertriebene Figuren. Angeber, Möchtegerns, Schwätzer und Bockwürste. Sind wir nicht Gefangene eines endlosen, endlos albernen Satyrspiels? Keiner findet mehr raus aus der Komödie. Abtreten verboten! Keiner verläßt die Bühne! Man muß es übertreiben, wo man geht und steht. Immerzu das fahle alte Gesicht hinter einer geifernden Brunstmaske verbergen. Bis man umkippt. Bis die Schläuche platzen.

KERSTIN Aber ich bin doch bei dir.

ONKEL BERND Eben. Davon rede ich ja.

Am Nebentisch Ina Schmölling-Knecht und Zacharias Werner…

INA SCHMÖLLING-KNECHT Du bist mehr, viel mehr, als ich verdiene. Du bist großzügig, du bist hingebungsvoll. Du bist sehr klug. Du hast ein Bild von mir, das du liebst. Ich weiß, du liebst mich. Aber ganz tief in dir drin da gibt es keinen Sex.

ZACHARIAS WERNER Ach?

INA SCHMÖLLING-KNECHT Du bist nicht wirklich besessen davon. Überleg einmal, was dir wichtiger ist –

ZACHARIAS WERNER Ich bin nicht besessen davon? Ich dachte, ich wär's gewesen die ganze letzte Woche?

INA SCHMÖLLING-KNECHT Ja, mein Schatz, sicher. Laß uns nicht weiter davon sprechen. Du hast mich gehabt. Ich bin bei dir gewesen. Du konntest dir Himmel und Hölle mit mir vorstellen. Fast alles. Im Ansatz. Aber irgend etwas ganz tief in dir drin hat mich nie gefickt. Entschuldige das Wort.

ZACHARIAS WERNER Wenn du es benutzt, sagt es mir genug.

INA SCHMÖLLING-KNECHT Denk nicht weiter darüber nach. Ich habe eine winzige Stecknadel in diesem wunderschönen Heuhaufen unserer Begegnung gefunden und dich ein klein wenig gepikt. Ich hoffe, ich habe dich nicht wirklich verletzt. Ich hoffe, wir haben uns beiden keinen bleibenden Schaden zugefügt.

ZACHARIAS WERNER Ich kann nicht sagen, daß es mich kalt ließe. Es ist immer ein leichter Schock, wenn man in diesem Punkt kein übereinstimmendes Urteil erzielt. Vielleicht kommen wir später noch einmal darauf zurück. Versuchen wir uns mit etwas Geschäftlichem abzulenken. Ich habe hier einen ersten Vertragsentwurf ausgearbeitet, der Deine Hunderttausendmark-Beteiligung an der *Edition 24* im groben festlegt. Es läßt sich noch über alles reden …

INA SCHMÖLLING-KNECHT Siehst du, jetzt ist uns das blödsinnigerweise mit dem Sex dazwischengekommen. Ich wollte vorhin sagen: überleg dir einmal, Hand auf's Herz, was ist dir lieber: eine Frau oder deine *Edition 24*?

ZACHARIAS WERNER Die Frage stellt sich doch gar nicht. Es ging ja gerade darum, dich und den Verlag auf dem Wege deiner Hunderttausendmark-Einlage unverbrüchlich miteinander zu verschmelzen. Eine Leidenschaftseinheit herzustellen zwischen uns dreien.

INA SCHMÖLLING-KNECHT Aber um so etwas miteinander zu verschmelzen, braucht es zuerst eine wahnsinnige Hitze zwischen zwei Menschen.

ZACHARIAS WERNER Soll das heißen: du ziehst dich zurück? Soll das heißen: du ziehst dein Angebot zurück?

INA SCHMÖLLING-KNECHT Ich habe ganz tief in dir drin diese wunderbare Keuschheit entdeckt. Es war ein seltsames Erlebnis.

ZACHARIAS WERNER Ich bin nicht keusch!
Ich habe ganz andere Vorstellungen von unseren Begegnungen. Für mich hat das alles ganz andere Dimensionen gehabt.

INA SCHMÖLLING-KNECHT Du kannst dir mit mir vorstellen, was du willst. Ich sage dir, es stört mich nicht.

ZACHARIAS WERNER Ich bin nicht keusch!

INA SCHMÖLLING-KNECHT Doch. Mit mir ja. Aber auch mit jeder anderen wäre es dasselbe. Da gibt es diesen geheimen Punkt ganz tief in dir, und der ist dir angeboren.

ZACHARIAS WERNER Ina, laß uns jetzt nur noch über die Verlagsfrage sprechen. Ich bin unter Druck. Ich muß das in diesen Tagen geregelt kriegen.

INA SCHMÖLLING-KNECHT Ich habe eine Gilde junger Maler kennengelernt, eine Gilde wie früher die Nabis, die Nazarener, die Präraffaeliten, drei Männer, zwei Frauen, die alle die gleichen Ideen haben, die ganz fest zusammenarbeiten, wahnsinnig begabte Leute, bei denen ich mich kurzfristig engagieren möchte ... Jetzt hab ich ihn. Den Schluckauf. Immer bei Weißwein. *Sie dreht sich zu dem Greis – Onkel Bernd – in ihrem Rücken um.* Entschuldigen Sie, würden Sie so liebenswürdig sein und mich in den nächsten Sekunden ganz unerwartet erschrecken? Ich leide unter einem bösartigen Schluckauf.

ZACHARIAS WERNER *ist plötzlich aufgestanden, stellt sich neben Kerstin* Ich bin nordirischer Republikaner. Kennen Sie den Roman »Peacelines« von Eleonore Murfolk? Sie tragen die Flagge meiner Heimat um Ihren Leib geschlungen? Ist das ein Abendkleid? Nein. Das ist eine Beleidigung für mein Land! Ziehen Sie Ihr Kleid aus!

KERSTIN Was will er? Ist er verrückt?

ONKEL BERND Lassen Sie's gut sein, junger Mann. Stören Sie nicht.

ZACHARIAS WERNER Ziehen Sie das Kleid aus!
Sie sollen es ausziehen!
Kerstin steht auf und will Zacharias Werner ohrfeigen. Er reißt ihr die rechte Hälfte der Bekleidung (auch die Hälfte von BH und Slip) vom Leib, so daß sie vertikal in nackt und bekleidet geteilt ist. Er wirft die Kleidhälfte auf den Boden und rennt aus dem Speisesaal. Onkel Bernd steht auf, dreht sich um und beißt Ina Schmölling-Knecht in die Schulter.

INA SCHMÖLLING-KNECHT *springt auf* Au! ... Danke!

ONKEL BERND *setzt sich wieder* So. Mehr kann ich nicht tun. Ich bin alt, ich kann einem Verrückten nicht an die Gurgel.
Betrachtet die rechtshälftig nackte Kerstin.
Oh!

KERSTIN Ja, »oh«. Du siehst einfach zu, wie dieser Bettnässer mir das Kleid vom Leib reißt. Es ist ein teures Teil von El Morakhan, einem Modemacher aus der libyschen Wüste. Heb mir doch wenigstens die andere Hälfte auf.

ONKEL BERND Ich habe seiner Frau in die Schulter gebissen. Mehr kann ich nicht tun. Ich bin alt. Ich kann es nicht mit einem Verrückten aufnehmen.

INA SCHMÖLLING-KNECHT *wendet sich wieder zum Nebentisch* Danke nochmals. Es hat sofort geholfen.

ONKEL BERND *gibt Kerstin die Kleidhälfte* Wie schön du bist.

KERSTIN *versucht sich vergeblich mit der losen Kleidhälfte zu bedecken* Ja, »schön«. Das solltest du alles erst später sehen. Na ja. Cheerio. Siehst du's eben schon jetzt.

ZACHARIAS WERNER *steht plötzlich wieder neben Ina Schmölling-Knecht* Kannst du mir bitte deinen plötzlichen Sinnesumschwung erklären?

INA SCHMÖLLING-KNECHT *über die Schulter, ohne ihn anzusehen* Ich erklär dir nichts. Du bist verrückt.

Lichtwechsel. Helle Totale, alle Tische besetzt. Verschnitt verschiedener Stimmen und Dialoge. Häufig werden sie Rücken an Rücken mit einer Person am Nebentisch geführt.
Manchmal streift Heike an einem Tisch vorbei, schiebt unauffällig ihre CD zwischen eine Serviette, setzt sich wieder und bleibt allein an ihrem Tisch.

EIN HOLGER In Deutschland stehen für circa achtzig Millionen zum Sitzen bereiter Menschen circa zwei Milliarden Stühle bereit. Für jeden einzelnen stehen mithin fünfundzwanzig Stühle bereit. Des Deutschen Weg ist also mit Stühlen gepflastert. Zwischen den einzelnen Stühlen – Frühstücksstuhl, Bürostuhl, Vereinsstuhl, Clubsessel, Barhocker et cetera – legt der Normaldeutsche am Tag nicht mehr als zweihundert Meter zurück. Zweihundert Meter im Durchschnitt am Tag zu Fuß! Von einem Stuhl zum anderen.

Begleiterin des Holger *zur Frau am Nebentisch* Holger blendet ein bißchen. Aber wer tut das nicht? Er hat ja was zu sagen, so ist es ja nicht. Vielleicht hört er sich am liebsten selber zu. Aber das stört mich nicht weiter. So sind die Menschen nun einmal. Jeder macht ein bißchen Reklame für sich. Klugheit schützt vor Dummheit nicht.

Ein Holger Bei den Maya war es nicht viel anders. Eine reife technische Kultur. Raffinierte Kommunikatiossysteme, Schrift, Urbanität. Das Ganze wollte auf eine kosmische Steigerung des Menschen hinaus. Und dann: Vernichtung, Auslöschung, absolutes Vergessen.

Die Frau vom Nebentisch Sie wissen wohl alles über die Mayas?

Ein Holger Alles nicht. Aber eine ganze Menge. Ich verfüge vermutlich über einen kleinen Vorsprung auf diesem Gebiet.

Die Frau vom Nebentisch Nehmen Sie mich noch auf in Ihren Kurs?

Ein Holger Kommt drauf an, welche Voraussetzungen Sie mitbringen?

Die Frau vom Nebentisch Schlechte Voraussetzungen.
Sehen Sie sich meinen an. Lothar. Den würden doch alle Frauen für einen richtigen Kerl halten. Sie halten ihn doch für einen richtigen Kerl, oder? Lothar, du bist doch ein richtiger Kerl, oder?

Ein Lothar Das einzige Interesse, das sie an mir hat: daß ich kein Gramm zunehme.

Die Frau vom Nebentisch Du wirst an manchen Tagen unvermeidlich ein Gramm mehr, an anderen ein Gramm weniger wiegen.

Ein Lothar Ich muß mich digital – ich muß mich extrem fein auswiegen lassen. Kommt das berühmte Gramm hinzu, so trifft mich ein Schwall der verächtlichsten Bemerkungen.

Begleiterin des Holger Verbalinjurien!

Ein Lothar All mein Versagen von Kindesbeinen an wird mir

ins Gedächtnis gerufen. Unter den ungeheuerlichsten Schmähungen, unter den einschneidendsten Vorhaltungen nehme ich zunächst das katastrophale Gramm wieder ab.

DIE FRAU VOM NEBENTISCH Die digitale Waage zeigt es ungeschminkt.

EIN LOTHAR Schon bei flackerndem Ziffernstand ums Gramm nach unten hin, zeigt sie sich wie umgewandelt. Zärtlich und anschmiegsam wie ein prickelndes Mädchen. Eine Nacht lang fühl ich mich wohl mit ihr. Prompt nehm ich wieder zu. Am Morgen wird erneut gemessen. Sie liest die Ziffernfolge – und erbleicht. Das Gramm ist wieder da!

DIE FRAU VOM NEBENTISCH Siehst du. Nur Verachtung hilft. Besser als jede Diät.

EIN LOTHAR Aber ich liebe dich durchgehend – nicht heute ein Gramm weniger und morgen eines mehr.

DIE FRAU VOM NEBENTISCH Die Waage spricht eine andere Sprache. Es ist dir bei der Liebe eben wieder zu wohl gewesen. Versuch es endlich einmal ohne das verdammte Wohlsein. Es ist der einzige Grund, weshalb das dreckige Gramm zuviel jedesmal von neuem an dir überhängt!

EIN LOTHAR Du bist der einzige Grund für das höllische Gramm. Bitte sehr. Wenn schon konkret, dann hyperkonkret.

An einem anderen Tisch sitzen der Liebhaber und die Ehefrau voneinander abgewandt, fast Rücken an Rücken, der Ehemann ihnen gegenüber.

DER LIEBHABER Sag deiner Frau, ich fände sie abscheulich heute.

DIE FRAU Frag ihn, ob er mich noch tiefer kränken möchte.

DER LIEBHABER Sag ihr, es gäbe für mich nichts Schöneres als ihre Tränen.

DIE FRAU Sag ihm, es fiele mir nicht ein, seinetwegen betrübt zu sein.

Der Mann Könnt ihr euch nicht miteinander aussprechen? Es ist eine starke Belastung für mich.

Die Frau Das kommt davon, wenn man's nicht ertragen kann, verlassen zu werden. Schließt mich nicht aus! hast du gewimmert. Um eines bitte ich euch: schließt mich nicht aus. Jetzt bist du dabei. Wir sind zerstritten, und wir brauchen dich.

Der Mann Du bist eine wunderbare Frau. Du bist meine Frau. Du wirst doch mit diesem Burschen fertig werden. Das muß dir schon dein sportlicher Ehrgeiz gebieten, diesen Strohkopf ins Aus zu setzen.

Die Frau Mir fehlt noch der letzte Zugriff auf ihn. Ich habe ihn mir von allen Seiten angesehen. Ich habe ihn fest ins Auge gefaßt. Ich weiß, wie er funktioniert. Er macht mich fertig. Ich versuche ihn auszutricksen. Er stellt mich kalt. Ich trample auf seinen Phrasen herum. Er spuckt mir vor die Füße. Ich komm nicht ran an ihn. Er hat noch irgend etwas vor mit mir. Sobald ich weiß, was er eigentlich mit mir vorhat, hab ich den Zugriff, verstehst du, dann hab ich den sicheren Zugriff auf ihn.

Der Liebhaber Tatsächlich ist deine Frau sehr schön. Aber souverän zu handeln, das versteht sie nicht. Früher hatte die schöne Frau von ihrem Aussehen was im Blut, die wußte doch von selbst, was sie tun mußte, um Siege zu sammeln und auszukosten. Deine Frau muß dafür Trainingsstunden nehmen. Sie braucht 'nen Führerschein, um ihre hübsche Figur zu lenken!

Die Frau Sag ihm, er liefe nicht ganz rund. Er hätt 'ne leichte Unwucht unterm Schädel.

Der Liebhaber Hörst du? Worte einer klassischen Schönheit.

Der Mann Erinnert ihr euch an die Kathedrale von Santiago di Compostela, Puerta de las Platerias, diese anmutige Frauengestalt mit dem Schädel ihres Geliebten im Schoß, den ihr Gatte ihm abschlug und den sie nun täglich zweimal küssen muß, diesen verwesenden Schädel? Laßt uns noch einmal die Skulptur betrachten. Laßt uns noch einmal nach Santiago di Compostela wandern!

Heike *allein an ihrem Tisch, leise vor sich hin redend …*
Ich bin aus einem Stück. Noch mal. Ich bin aus einem Stück, das, wenn es zu Boden fällt, in tausend Stücke springt. Die meisten sind mit einer Naht geschweißt. Sie fallen immer in zwei Hälften auseinander. Die man mit etwas Glück auch wieder fügen kann.

Neben ihr erscheint ein transvestitischer Engel, kalkweiß geschminkt, finstere Augenbrauen, kurzes grau bestäubtes Haar, an der Wand lehnend, so daß die Flügel abknicken, das eine Bein angezogen, den Fuß auf die Wand gesetzt, atemlos rauchender grauer Engel-Transvestit, an der Wand seine Flügel zerdrükkend.

Engel Hör mal. Wenn du den Gilbert mit in die Wohnung nimmst.
Heike Warum nicht.
Engel Weil ich lebenslang Wohnrecht bei dir hab.
Heike Mir gehört die.
Engel Dir gehört dir gehört dir gehört. Alles. Ich gehör dir nicht.
Heike Laß mich doch in Ruh.
Engel Ich will da drin bleiben. Du lädst dir den Gilbert ein, nur um mich rauszukränken. Viel tiefer geht's nicht mehr.
Heike Gilbert macht doch weiter nichts.
Engel Mir reicht's. Mich rauskränken. Hast du mal hingeguckt? Blake? Was ich da mache? In der Show? William Blake. Da geht was nieder. Da geht auch auf dich was nieder, sobald du mal hinguckst. Da unten vom Bordsteinrand nach oben guckst. Ich kann meine Songs. Ich kann meinen Text. Mit mir machst du das nicht.
Heike Und ich stand auf, damals noch eine blühende Schönheit, stand auf. Trat aus der Muschel wie die schöne Galathée. Nackte Schönheit. Wackelte mit dem Hintern abgehend. Es gibt mich noch einmal unter mir. Es gibt mich noch einmal

unter meinen Füßen. Mich gibt's nur noch einmal. Unter den Füßen kopfstehend. Spiegelbildlich kleb ich mir an den Fußsohlen. Könnte nie bei Null anfangen. Wäre immer schon doppelte Null. Null doppelt ist Hundert, die die Eins verlor. Kopflos Hundert ich. Miß Hundertprozent.

ENGEL Macht mir nichts aus.
Maacht mmmir niiichts aus.
Macht nichts mir nichts dir nichts.
Spitz mal mir wieder die Ohren.
Ich habe deine CDs in den Garderoben verteilt. Damit kommst du durch. Keine Angst. Ich komm auch durch. Du kommst durch. Er, sie kommen, wir kommen: ihr nicht!

An zwei anderen Tischen wiederum zwei Paare und eine Annäherung Rücken an Rücken.

ELKE Wir, Harald und ich, spüren ganz deutlich, daß Sie, Kattrin und Felix, uns nicht leiden mögen.

KATTRIN Kattrin und Felix sagen Ihnen, denn ich darf hier für uns beide sprechen, daß wir das Spiel noch nicht kennen, das Sie mit Ihrem Satz soeben eröffnet haben.

ELKE Sei es, wie es sei. Begeben wir uns in die Ausgangsposition. Was ist ein womanizer? Harald und ich glauben gehört zu haben, daß dieser Begriff zwischen Ihnen, Felix und Kattrin, strittig ist. Wir selber benutzen ihn nicht.

KATTRIN Der womanizer ist im Grunde ein Synonym für den erotischen Versager. Er ist ebenso lächerlich wie der pünktliche Pflichtbeischläfer. Jeder von beiden verkörpert in meinen Augen ein phallisches Phalloid. Eine männliche Ausstreckung nur um der Streckung willen.

HARALD Sie sind sehr intelligent.

KATTRIN Darauf war ich gefaßt. Ich könnte Ihnen jetzt erwidern, ja drohen: Das sagen Sie m i r nicht ein zweites Mal! Aber dazu ist es vielleicht noch zu früh.

HARALD Die Streckung. Nur um der Streckung willen. Aber

das ist sehr intelligent. Welchen Unterschied sehen Sie zwischen dem phallischen Phallus und dem phallischen Phalloid?

ELKE Ich würde sagen, der Phallus weist über mich hinaus. Das Phalloid deutet plump auf eine begrenzte Fläche meines Körpers.

HARALD Elke, wie kommst du an solche Worte? Wo hast du das her?

FELIX Ist es also eine Frage des Winkels?

ELKE Eine Frage der Kraft. Eine Frage der Sehnsucht. Das Phalloid sucht die begrenzte Leere. Der Phallus die unbegrenzte Fülle.

HARALD Aber wieso redet sie auf einmal wie Sie?

FELIX Wohin zeigt er letzten Endes?

ELKE Er weist dir einen Weg aus dem Fleisch heraus.

KATTRIN In Wahrheit gibt es keinen Sex, der mehr als ein Vorspiel wäre. Alle Lust der Welt ist nur ein Vorspiel.

ELKE Vorspiel wozu?

FELIX Das wird der Mensch als solcher nie erfahren. Das Gattungswesen Mensch kommt übers ewige Vorspiel nicht hinaus.

ELKE Sisyphossex.

KATTRIN Davon später mehr.

HARALD Unter welchen Bedingungen tritt nun der Typ des womanizers in Erscheinung und kurz darauf in Kraft?

KATTRIN Der womanizer ist gleichsam ein Machtmensch, der mehr Geltungstrieb als Trieb besitzt.

ELKE Der womanizer ist ungeeignet für die leidenschaftlich-aussichtslose Liebesgeschichte.

KATTRIN Der womanizer und der Geldschneider sind zwei Sorten derselben Raffgier.

FELIX Der womanizer ist ein eiskalter Magnet. Er hat auf die Liebe für immer verzichtet.

Am Tisch von Ina Schmölling-Knecht ...

INA SCHMÖLLING-KNECHT *zum Nebentisch* In Prag kamen wir neulich zu spät zur Tombola der Tschechen. Die Herren saßen in ihren altkommunistischen Anzügen schweigend vor ihren Damen, und die drehten endlos den Aschenbecher zwischen zwei Fingern. Kaum hatten mein Freund und ich an unserem Tisch Platz genommen, da begann jeder von uns sofort ein Gespräch mit seinem Nebentisch. Und siehe da, wir waren die Keimzelle einer saalweiten Unterhaltung, die sich munter nach allen Seiten hin entwickelte. An fast allen Tischen des großen Galafestes begannen die Tschechen sich zum Nebentisch zu beugen, die Damen nach links oder rechts, die Herren nach hinten, und jeder unterhielt sich mit jemandem am Nachbartisch. So waren am Ende alle miteinander ins Gespräch gekommen.

An einem anderen Tisch ...

SIE *leise* Ich brauche eine Kloschüssel, in der ich meine Ausscheidungen sehen kann. Ich muß meine Ausscheidungen kontrollieren. Versteh es doch! In diesem Hotel gibt es keine Flachkloschüssel. Ich kann hier nicht länger bleiben. Ich sehe nichts von meinen Ausscheidungen.

ER Hör auf mit der Pillenfresserei.

SIE Ich fresse, was ich muß.

ER Bildest du dir ein.
Es ist eine Frage deiner zunehmenden Anfälligkeit.
Es ist eine Frage deiner zunehmenden Leblosigkeit.

Er und Sie am Nebentisch ...

ER Eine Frau, die man nicht mehr liebt. Was ist das genau?

SIE Wovon sprichst du?

ER Ob du jetzt diese Frau bist, die man nicht mehr liebt?

SIE Versteh nicht.

ER Ob ich dich nicht mehr liebe, will ich wissen?

SIE Gute Frage. Aber wenn es so wäre, dann müßte sich die Erde dreimal schneller um sich selber drehen.

ER Tut sie's nicht?

SIE Ist dir schwindlig? Mir nicht.
Wenn du mir sagst: dort steht der Eiffelturm, obwohl wir nur in Goslar sind, dann steht für mich der Eiffelturm in Goslar. Weil du es mir gesagt hast.

ER Ich verstehe. Ich verstehe dich sehr gut.
Damit hat sich meine Frage erledigt.

SIE Es war aber eine gute Frage.
Unsere Liebe kannst du in den Dreck ziehen, du kannst sie mit Füßen treten, du kannst versuchen, sie in tausend Stücke zu zerreißen: sie geht nie kaputt.

ER Ich will dir etwas sagen: warum auch?

SIE Du kannst mich nicht einmal erschießen. Ich bin nicht zerreißbar. Nicht brennbar. Ich bin unzerstörbar.

An einem anderen Tisch zwei Männer…

ERSTER MANN Da kommt sie! Achtung! Sie kommt.
Sie sammelt für die Dritte Welt. Sie legt drei Maggiwürfel auf den Tisch und sagt: Ein kleiner Gruß für Sie aus dem guatemaltekischen Armenhaus! Später kommt sie wieder… sie kommt immer wieder. Ich leg ihr einen Hunderter hin. Sie küßt mich in den Nacken. Vor den Augen meiner Frau. Ich bin wirklich gespannt, was sie heute tut, wo ich mit dir hier sitze. Es wäre schön, sie zu haben – aber nur hinter dem Rücken meiner Frau. Sie setzt sich zu uns an den Tisch, sie legt mir die Hand aufs Knie, sie verführt mich vor den Augen meiner Frau. Sie kreuzt immer wieder auf. Ich laufe hinter ihr her, im Nu ist sie verschwunden. Weißt du, ich hätte gern ein Geheimnis vor meiner Frau. Das würde uns beiden weiterhelfen. Das schöne lange Mädchen bedeckt meinen Arm mit Küssen, meine Frau

schaut weg, das Mädchen nimmt die Maggiwürfel, steckt sie in die Handtasche, verschwindet.

ZWEITER MANN Sie fühlt sich in Sicherheit vor dir, solange deine Frau dabei ist.

ERSTER MANN Sie spielt mit der Sicherheit vor mir unter den Augen meiner Frau. Das ist es. Sie zögert die Sache qualvoll hinaus. Qualvoll für uns beide. Oder für uns drei. Oder ich weiß nicht für wen. Ich wünschte mir so sehr, sie würde irgendwo auf der Welt, wo meine Frau nicht ist und wo neben mir ein Platz frei wäre, aufkreuzen und sich neben mich setzen.

DAS DRITTE-WELT-MÄDCHEN *kommt an den Tisch, legt die Maggiwürfel hin und sagt ihren Spruch. Geht weiter.*
Ein kleiner Gruß für Sie aus dem guatemaltekischen Armenhaus!

ERSTER MANN Hast du ihr wegsehendes Gesicht gesehen?
Das gibt mir zu denken. Sie stand stumm an Leib und Seele vor mir. Du hast das Schweigen ihrer Sinne doch auch gespürt?

ZWEITER MANN Ja. Sie hat dich offenbar gar nicht wiedererkannt.

ERSTER MANN *kichert seltsam* Nicht wieder... er... kannt! Das wäre ... na, das wäre ja ein ganz neuer Trick!

Licht auf einen einzelnen Tisch. Sie nutzt ein geschäftliches Handygespräch ihres Mann, um mit jemandem zu flüstern, ebenfalls am Handy. Sie zur Seite gewendet, ein wenig vorgebeugt, er aufgerichtet, ein Arm greift über die Brust in den Winkel des anderen, der den kleinen Apparat ein wenig abgespreizt ans Ohr hält.

ER Fragen Sie doch bitte den Chef, ob er nicht selbst die Begrüßungsrede hält auf dem Innungstag. Ich stehe jedenfalls nicht zur Verfügung. Sagen Sie ihm, ich hätte an diesem Tag einen wichtigen Termin in Warschau. Ich sei gar nicht in der Stadt. War's das? Gut.

Er hört seiner Frau zu, bevor er kurz sagt
Ich bin heute nicht mehr zu erreichen. Danke.

SIE *telefoniert unterdessen* Zieh dich schön an. Ich freue mich sehr auf dich. Wenigstens sehe ich dich von fern. Nein, nicht das schulterfreie. Du kommst so, wie ich dich am liebsten sehe. Bis gleich.
Sie beendet das Gespräch, steckt das Gerät in ihre Handtasche.

ER Mit wem telefonierst du so intim?

SIE Intim? Es war Brigitte. Sie hatte vergessen, was sie später nachts im Kontrollraum zu tun hat.

ER Brigitte?

SIE Ja. Was glaubst du?
Sie ist seit gestern aus Rotterdam zurück und muß sich erst wieder zurechtfinden im Labor. Gehen wir?

ER Bleiben wir. Bleiben wir noch einen Moment.

SIE Wir kommen zu spät …

ER Ich habe da etwas gehört …
Mir scheint, es ist etwas passiert.
Es ist wirklich gerade etwas passiert, womit ich nie gerechnet hätte.
Du telefonierst in meiner Anwesenheit, damit ich's nicht glauben soll … Ich kann's auch nicht glauben, daß du in meiner Gegenwart in diesem seltsamen Ton mit jemandem telefonierst.

SIE Seltsam? Mit Brigitte?

ER Mit i h r. Ja. Mit ihr.
Ich begreife noch nicht alles.
Ich hatte es eben schlagartig begriffen, aber jetzt vernebelt es sich wieder.

SIE I c h beunruhige d i c h?

ER Allerdings.

SIE Das überrascht mich.

ER Wie du sprichst. Wenn du dich sprechen hörtest.

SIE Brigitte war auf meiner Mailbox und fragte, was sie tun muß später im Nachtdienst, wenn sie neue Temperaturen eingeben –

Er Der Ton. Einen Ton habe ich gehört …
Ein Ton sagt mehr als tausend Worte. Oder nachträgliche Worte. Ich habe etwas von dir gehört. Einen bestimmten Ton. Und plötzlich riß zwischen uns die Verbindung ab.
Sie Gehen wir nicht auf den Empfang?
Sie stehen beide auf.
Du tust, als sei's nur dieser einzige Augenblick gewesen.
Er Aber er ist es! Er ist es!
Sie Laß uns vernünftig darüber reden.
Er Ist es so?
Sie Ja.
Er Setzen wir uns.
Sie Ich sage schnell noch ab.
Er Du sagst ihr nichts mehr.
Nicht in meiner Gegenwart.
Du sprichst jetzt mit mir.
Sie Ja. Es ist nur so, ich muß ihr Bescheid sagen, daß ich nicht komme.
Er Sie kommt auch auf den Empfang?
Du wolltest sie sehen, dich mit ihr treffen – in meiner Gegenwart?
Sie Ich habe die ganze Zeit versucht, mir etwas anmerken zu lassen.
Ich hatte auch manchmal das Gefühl, du hättest längst Verdacht geschöpft.
Ich dachte, es bleibt vielleicht unausgesprochen, für immer, zwischen uns.
Er Für mich kommt das alles vollkommen überraschend.
Hätte ich eben diesen Ton nicht gehört –
Sie Ich glaube dir nicht. Du hast es die ganze Zeit gespürt.
Du hast ja auch meine Gespräche mit Rotterdam gehört.
Du belauschst mich seit Wochen.
Er Deshalb ist es so gekommen, Marthe, deshalb! Du hast fest mit meiner Unlauterkeit gerechnet. Die es nie gab.
Deshalb hat es mich in einem einzigen Augenblick kalt erwischt.

Du hast etwas gespürt, einen angeblichen Verdacht meinerseits, den es nie gab, vielleicht ein stillschweigendes Einverständnis, deshalb hast du dich letztlich so ... schamlos verhalten.

Sie Es ist genauso passiert, wie du es wolltest.
Mein Verhalten war perfekt abgestimmt auf dein Verhalten.
Es war vollkommen abhängig von deinem.

Er Aber was wollte ich denn? Ich ahnte ja nichts!
Was ist denn überhaupt passiert?
Kann ich das einmal erfahren?
Klipp und klar: was ist passiert?

Sie Seitdem du so sprichst, seitdem wir beide darüber sprechen, gibt es für mich nichts mehr, was klipp und klar wäre.

Er Seit wann? Wie oft? Wo triffst du dich mit ihr? Macht ihr alles oder macht ihr nicht alles? Behältst du den Ring am Finger? Hast du ihr was geschworen? Was weiß sie von mir? Wie ist sie? Hast du je an mich gedacht dabei? Geht's dir gut bei ihr? Kannst du mir bitte sagen, weshalb du trotzdem die ganze Zeit mit mir geschlafen hast? Gehört das zu deiner Verdachterregungskampagne?

Sie Laß mich schnell mit ihr telefonieren.
Bevor sie aus dem Haus geht.

Er Bitte, ruf sie an. Sag ihr aber, ich wüßte Bescheid.
Ich säße neben dir. Sag ihr auf jeden Fall, ich säße neben dir.

Sie Bist du verrückt?

Er Du sagst ihr als erstes, ich sei damit einverstanden, daß du mit ihr telefonierst.

Sie Ich sag ihr, ich komme nicht. Das ist alles.
Paß auf. Fang mir nicht so an. Ich habe keinerlei Schuldgefühle dir gegenüber.

Er Ruf sie an. Ich gehe raus.
Dann schlag ich dir etwas vor.
Ich habe dir einen kleinen Vorschlag zu machen.
Das ist alles. Laß das Grinsen. Das Grinsen auf deinem Gesicht ist das Grinsen der Verliererin.

Ich will nicht, daß du verlierst. Ich will, daß du etwas begreifst.

SIE Etwas begreife? Ich will nichts begreifen.
Wenn du mich armselig und häßlich findest, dann siehst du vorübergehend was Neues an mir. Vorübergehend!

ER Los! Ruf sie an!

SIE Stop! Es ist gut. Das war's.
Genug für heute. Ich liebe dich.

ER Ich glaube, du verwechselst mich.

SIE Glaubst du?
Ich rufe sie jetzt an.
Wir haben ja beide nichts zu verlieren.

ER Du und sie?

SIE Ja. Wir haben überhaupt nichts, nicht das geringste zu verlieren.

ER Um Himmels willen, bin ich erschrocken!
Ich dachte für einen Bruchteil der Sekunde, du meintest: du und ich, wir beide hätten nichts zu verlieren. Um Himmels willen.

SIE Ja. Um Himmels willen.

Die Buchfee erscheint auf einer hohen Leiter, alle Sprossen mit Büchern bedeckt, über einem Restauranttisch, an dem Sylvia Kessel mit dem Kopf auf einem aufgeschlagenen Buch ruht.

DIE BUCHFEE Hast du die Lust verloren? Du drückst die Wange auf die Seiten, liest nicht mehr. Schon vorüber der Galopp der Wißbegierde? Oder träumst du dich tiefer rein in die Materie? Dein neues Buch hat noch immer keinen Titel. Du suchtest nach Begriffen aus der Welt der Mineralogie. Ich hab hier was gefunden, das wird dich interessieren. Einen alten Fotoband von einem Erzbergwerk im Böhmerwald. Er wird dir weiterhelfen.

SYLVIA KESSEL Kein Buch mehr! Nichts Altes mehr, ich bin allergisch gegen Staub. Du junges Zwitterding spannst deine

Lebensfäden zwischen tausend, abertausend alten Büchern aus. Durch Milchstraßen von Schriften hüpft und flitzt dein zutragender Geist, findet und verbindet, entdeckt und vermengt, holt das Entfernte herbei, entfernt das allzu Naheliegende ... Und doch, wie plump und schwer sind diese alten Schwarten! Wie düster das Gewölbe sämtlicher Verweise und Zusammenhänge! Buchfee, kleine, laß uns beide fliehen aus der ungesunden Milbenluft.

DIE BUCHFEE Ich gehöre nun mal dazu, ich bin ein Teil davon.

SYLVIA KESSEL Und doch verstehst du nicht ein einziges Buch.

DIE BUCHFEE Ich trag nur zu. Und du verstehst. Nur der Hinweis, nur der leichte Geist von einem Pfeil bin ich. Ich würde gerne mit dir fliehen. Doch käme ich lebendig nicht heraus aus dem gedanklichen Gefüge. Ich leb nicht ohne Plötzlichkeit und ohne mich, den in die Gedanken schießenden Querverweis, wär es auch selbst auf einmal leblos, das Gefüge.

SYLVIA KESSEL Du bist so hübsch, so biegsam und geschmeidig. Ich hätte gern mit dir mein Vergnügen.

DIE BUCHFEE Mir macht's mit dir auch so Vergnügen.

SYLVIA KESSEL Davon hab ich wenig. Du fütterst mich mit Indizes und Fußnoten. Du ermüdest mich mit unzähligen weiterführenden Literaturen, ohne in mir die erlösende Vorstellung vom einzig richtigen Titel zu erwecken.

DIE BUCHFEE Wenn du mit mir nicht mehr zufrieden bist, dann mach ich mich woanders nützlich. Es gibt genügend greise Forscher, denen ich die letzte, feinste Offenbarung war. Der entscheidende Hinweis, das passende letzte Glied der Kette, das wunderbar abrundende Teil. Ich bin der helle Fingerzeig und nicht der knollig knubblige Finger selbst.

SYLVIA KESSEL Der blöden Gescheitheit magst du nützlich sein. Lehrer und Wissenschaftler, Zyniker und Publizisten, erschlaffte Hunde, die selbst keine Spur mehr aufnehmen können, magst du zum Jagen tragen, aber in mir spannt sich der Mensch zwischen Ariel und Hiob aus. Es sirrt wie ein dünnes Stahlseil kurz vorm Riß.

Die Buchfee Ich sehe nach, ob ich zwischen Ariel und Hiob Brücken bauen kann.

Sylvia Kessel Sei still. Ich habe zuviel Kraft und kann sie nicht verbrauchen. Zuviel Leib und bring ihn nirgends unter. Ich habe zu großen Druck in meiner Hand, ich zerdrück die kleinen Dinge. Ich zerdrück den kleinen Lampenschalter hier, ich zerdrück die hohlen Gläser.

Die Buchfee Eine großartige Frau. Aber ohne Wißbegierde. Ohne Entdeckungsdrang. Ich lege ihr die feinsten Netze aus, und sie verwickelt sich darin, bis es den Atem schnürt. Ich kann ihr gar nicht helfen. Wie schön wär jetzt ein wissensdurstiger Greis!

Der Kauf

Mittags. Wieder im Restaurant des Confidence. Einzelner Tisch mit Albert Brigg.
An einem anderen Tisch Konstantin und seine Mutter.

DIE MUTTER Wenn du Angst hattest, habe ich mich zu dir gelegt, bis du einschliefst.
KONSTANTIN Was ist das schon?
DIE MUTTER Ich bin mit dir ans Meer gefahren und wir sind in den Bergen gewandert.
KONSTANTIN Was ist das schon? Dir hat's gutgetan.
DIE MUTTER Ich habe dir viele Dinge geschenkt, die dir Freude bereiteten.
KONSTANTIN Was ist das schon?
DIE MUTTER Mag sein. Meine Zuwendung hat dich zu dem gemacht, der du heute bist. Jemand, der alles geringschätzt, was ich für ihn tat.
KONSTANTIN Was hast du für mich getan, das du nicht auch für dich getan hättest? Du hast niemals ein Opfer gebracht.
DIE MUTTER Ich habe dir viel Unangenehmes abgenommen, und es fiel mir nicht immer leicht.
KONSTANTIN Was ist das schon?

Auftritt Zacharias Werner, der zu Briggs Tisch kommt.

ZACHARIAS WERNER Welch seltene Gelegenheit! Der große Tycoon tafelt ganz allein im Confidence.
ALBERT BRIGG Ich grüße Sie, mein Freund.
Ich grüße den tapfersten, den klügsten, den unbestechlichsten Kollegen in dieser restlos verkommenen Branche.
Nehmen Sie Platz, Zacharias. Leisten Sie mir Gesellschaft.
ZACHARIAS WERNER Verehrter Herr Dr. Brigg, Sie werden es

mir nicht verübeln, wenn dem allgemeinen Zustand des Buchhandels gegenwärtig nicht meine Hauptsorge gilt –

ALBERT BRIGG Herr Ober, bringen Sie uns bitte die Karte.

ZACHARIAS WERNER Nein, danke. Ich nehme einen Campari Soda.

Kellner ab. Bringt später das Getränk.

Ich bin hier leider nicht ganz absichtslos vorbeigekommen –

ALBERT BRIGG Wenn Sie wüßten, welche Verrücktheit ich mir geleistet habe! Raten Sie mal. Vor einer knappen halben Stunde – hier im Haus, Sie werden es nicht glauben: ich habe die Memoiren von Bill Cohen gekauft ... William Cohen, Ihnen ein Begriff? Ja-wohl, genau der! Kürzlich noch amtierender Verteidigungsminister der Vereinigten Staaten. Ich lernte ihn voriges Jahr bei Oliver Stone kennen. Inzwischen haben wir einen Menge Briefe gewechselt, übrigens ein ausgezeichneter Eliot-Kenner. Ich habe ihn ein paarmal begleitet, wenn er in Europa war. Ich kenne mich im Grunde in der römischen Geschichte besser aus als in der deutschen. Der Zerfall des Römischen Reichs ist unter anderem darauf zurückzuführen, daß die Armee nicht mehr überwiegend von römischen Befehlshabern gelenkt wurde. Bill, wie ist das heute? Und er macht mir klar: das einzige, was unsere Macht erhalten kann, die Macht der weißen Amerikaner, das werden unsere Elitekorps, das wird die Ordnungskraft unserer Sondereinheiten sein. Frauen bei der Elite? Gut. Aber nur für die Öffentlichkeit. Nur für die Political-Correctness-Front der Medien. Da sind sie immer dabei. Die combat units können keine Frauen gebrauchen. Also machen wir das schon in der Ausbildung klar. Wir fliegen in Westpoint über die Zwölftausend-Meter-Grenze und schmeißen die Frauen aus dem Flugzeug. Tausend Meter vor Bodenberührung dürfen sie den Fallschirm ziehen. Zwei von ihnen sind dabei ins Meer geklatscht. Die Frage des weiblichen Anteils bei den combat units war damit fürs erste geregelt. Scorsese, der mir damals die Koproduktion von »Last Temptation« anbot, hatte kurz darauf die Verbindung zu Benigni hergestellt, mit dem ich seither engstens befreundet bin, aber »Das Leben ist schön« wollte ich nicht mit ihm machen. KZ, nein. Ich wollte mich einfach an keinem KZ-Film beteiligen, obwohl ich mir denken konnte, daß Roberto keinen gewöhnlichen KZ-Film drehen würde ...

ZACHARIAS WERNER *beiseite* So geht das ohne Punkt und Komma durch die große Welt. Es tropfen die Namen, es klimpern die Verbindungen, und alles kommt mit lauter Stimme, die zuweilen in ein konvulsivisches Lachen ausbricht, das noch lauter, noch selbstsicherer und fürchterlicher klingt als seine Worte. Wie soll ich gegen diesen Primaten der Kulturkonversation meine zaghafte Stimme erheben? Für ihn bin ich nur ein trübes Tröpfchen im weltweiten Netz klangvoller Namen, ein Zungenschnalzer im großen Rauschen des Äthers. Gut, ich sage mir: Klappern gehört nun mal zum Handwerk. Zu welchem Handwerk? Das Klappern selbst ist bereits das komplette Handwerk, das dieser allgewaltige Verlagsgruppenchef beherrscht wie keiner sonst ... Ich bin längst auf Däumlingsgröße geschrumpft, bevor die eigentliche Verhandlung zwischen ihm und mir beginnt. Ich besitze keinerlei kritische Schranke mehr, die mich vor seinem Imponiergetrommel schützen könnte. Auf mich prasselt alles ungehindert-unterschwellig ein und verfehlt seine Wirkung nicht. Ich bemerke nicht einmal, daß es keineswegs Gammastrahlen seiner Macht sind, die mich zersetzen, sondern daß er lediglich kleine billige Styroporkügelchen auf mich abfeuert, lauter zerbröseltes Verpackungsmaterial –

Er wendet sich mit einem Ruck an Albert Brigg.

Albert Brigg! Einen Augenblick, bitte sehr. Nur einen kurzen Augenblick! Ich sitze hier, weil es mich nicht mehr gibt. Meine Buchhaltung und ich, wir haben nächtelang gerechnet und geschwitzt. Wir haben geschoben, getrickst und gedrückt. Es hat alles nichts geholfen. Die *Edition 24*, mein Verlag, der mein Leben war, wird den nächsten Monat nicht überstehen.

ALBERT BRIGG Jetzt kommen Sie angekrochen, Sie Narrenschelle.

Jetzt, wo Sie den Karren gegen die Wand gefahren haben.
Das ist ärgerlich. Sehr ärgerlich. Seit Jahren verfolge ich Sie mit einem Angebot, das sich sehen lassen kann. Seit Jahren predige ich Ihnen: schütten Sie Ihr edles Destillat ab in meinen Großraumtank. Die Maschine läuft davon nicht besser, aber sie verträgt's. Jetzt, wo Sie die ganze Fuhre in den Graben gekippt haben, jetzt kommen Sie angekrochen. Ich kann Ihnen kein anständiges Angebot mehr machen ...
Ist dann ganz plötzlich gegangen, wie? Sie sind doch im Herbst noch erschienen.

ZACHARIAS WERNER Es ist natürlich nicht ganz so plötzlich gekommen. Aber schließlich doch: mit einem Schlag. Einem einzigen Fehlschlag. Ich hatte meine letzten Chips auf den neuen Roman von Sylvia Kessel gesetzt. Ein mittelmäßiges Buch, preziös geschrieben, schlampig erzählt, ein typisches zweites Buch nach Erstlingserfolg. Aber ich dachte, es schlägt ein, es muß einschlagen wegen des Themas: Vergreisung der Gesellschaft. Von der man dauernd reden hört. Doch offenbar nichts lesen will. Noch nicht. Wir sind zu früh gekommen. Fünfhundert verkaufte Exemplare von dreitausend Startauflage.

ALBERT BRIGG Sylvia Kessel? »Ecksteine«. Großer erster Wurf. Sylvia Kessel, aparte Frau. Vermutlich One-Book-Author. Interessanter Fall. Trotzdem.

ZACHARIAS WERNER Stochern wir nicht weiter in der Wunde. Lassen wir sie ein für allemal in Frieden. Weit schlimmer ist: ich stand noch kurz vor einem ungeheuren Coup. Ich hatte eine sensationelle neue Skrjabin-Biographie aufgestöbert, die ich im kommenden Frühjahr bringen wollte –

ALBERT BRIGG Klappen Sie Ihr Schatzkästlein zu, lieber Meister, und bringen Sie, was noch zu retten ist, zu uns. Machen Sie sich's gemütlich in der zehnten Etage. Ich kann's mir gar nicht leisten, die Literatur aufzugeben. Ich bin damit aufgewachsen, ich stehe für neue deutsche Literatur. Auch im Ausland – wer wär ich dort ohne meine Literatur? Ich habe Ihnen immer gesagt: Ich übernehme Ihre Edition so, wie sie ist. Sie werden Programmleiter bei mir, ich stelle Ihnen den Stefan Bergmüller zur Seite, und Sie werden sehen, das wird unsere neue Ideenschmiede. Sie bringen von allem nur das Richtungweisende.

ZACHARIAS WERNER Ich bin geschlagen, Brigg ... aber noch nicht zerstört. Auch als Ihr Angestellter geh ich durch jedes Feuer – für meine Edition.

ALBERT BRIGG Bene navigavi cum naufragium fecissem. Brav hab ich den Kahn gesteuert, und doch erlitt ich Schiffbruch. So geht's nun mal, mein Freund. Machen wir uns nichts vor, die Branche ist total verkommen. Alles ist verkommen um uns herum. In uns drin. Die Literatur muß eine neue, nie dagewesene Dämonologie der Entartung entwerfen. Eine infernologische, eine luziferologische Vernunftsturzbeschreibung, das ist es, was unsere Literatur zu leisten hätte!

ZACHARIAS WERNER Es ist alles nicht so gekommen, wie es für mich hätte kommen sollen. Das ist das eigentlich Verkommene an der Sache.

Alfredo und Vittorio betreten das Restaurant. Setzen sich zögernd an einen Tisch, ins Gespräch vertieft, stehen ebenso zögernd wieder auf, setzen sich wieder etc. Unterdessen verschwinden Albert Brigg und Zacharias Werner.

ALFREDO Aber warum ist er plötzlich zu dir gekommen? Ihr hattet doch seit Jahren keinen Kontakt mehr.

VITTORIO Ich habe es nicht herausgefunden. Ich plauderte. Ich erzählte von meinen neuen Nachbarn, vom Urlaub in Irland, der Hochzeit meiner Nichte, der Vermeer-Ausstellung in London, dem Null-zu-null-Spiel zwischen United und Ajax, alles mögliche, das ihn kaum zu interessieren schien.

ALFREDO Weshalb? Weshalb? Zu mir hattest du auch schon mal den Kontakt verloren. Und kein Wort fiel zwischen uns, als wir uns wiedertrafen.

VITTORIO Ich weiß nicht, was mich antrieb, immer leichter, immer flüssiger zu erzählen, je weniger Interesse ich von seiner Seite bemerkte. Ich erzählte, um ihn zu langweilen. Ihn zu ärgern. Ihn irgendwie anzustinken. Frag mich nicht, weshalb. Ich weiß es nicht! Vielleicht sprach ich nur, um meine Verblüffung zu verbergen, um ihn nicht fragen zu müssen: Weshalb sitzt du auf einmal wieder hier? Weshalb bist du gekommen? Sollen wir wieder da anfangen, wo wir beim letzten Mal aufgehört haben? Willst du wieder mitmachen bei uns? Oder willst du wieder mitmachen und statt meiner mit Alfredo auftreten? Willst du das? Es schossen mir lauter Kernfragen durch den Kopf, während ich plauderte und ihn langweilte. Ich weiß noch, ich sprach über irgendwelche Wechselkurse, ich verfolge die Wechselkurse sehr genau, sie interessieren mich eben. Auch dort, wo ich gar nicht investiert bin. Indische Rupie gegen tansanianischen Shilling. Mexikanische Pesete gegen slowenischen Tolar. Da bin ich immer auf dem laufenden. Und ich sagte gerade: Es ist im übrigen nicht auszuschließen, daß sich das Englische Pfund bis zum Jahresende auf demselben Niveau befindet wie heute. Da sagte er, vollkommen unvermittelt: Aha! Ich verstehe. Das ist alles, was ich wissen wollte. Ich danke dir, mein Lieber. Stand auf und ging. Englisches Pfund. Jahresendstand. Aus. Was zum Teufel habe ich denn gesagt? Es hat ihn doch gar nicht interessiert! Aber irgend etwas muß ich gesagt haben, irgendeine Information muß ich ihm unterderhand geliefert haben, ohne es selbst zu bemerken. Irgend etwas, auf das er die ganze Zeit gelauert hatte. Ich versuche seit Tagen meine gesamte Plauderei zu rekonstruieren. Satz für Satz. Ich bekomme es einfach nicht heraus, was es war, das ihn vollkommen überzeugte. Zufriedenstellte. Aufstehen. Händeschütteln. Dankbarkeit.

ALFREDO Du hast ihm womöglich dein Wort gegeben?

VITTORIO Genauso schien es mir. Das Händeschütteln kam mir vor wie ein vertragschließendes Händeschütteln. Aber mein Wort in welcher Sache?

ALFREDO Das verblüfft mich jetzt. Das verblüfft mich wirklich.

Du weißt nicht, in welcher Sache du ihm dein Wort gabst? Aber es liegt doch glasklar zutage! Irgend etwas muß dich innerlich davon ablenken, den einfachsten Tatbestand zu erkennen.

VITTORIO Dann sag's mir doch!

ALFREDO Wenn ich dir erzähle, was du dir selber verheimlichst, dann wirst du mich für infam und indiskret halten.

VITTORIO Na gut. Ich komme schon von selber drauf.

ALFREDO Du mußt. Es ist deine Sache. Du mußt sie dir selber in Erinnerung rufen.

VITTORIO Ganz was Furchtbares wird es ja nicht sein, was ich mit ihm abgemacht habe. Sonst würdest du vielleicht doch mit einer spitzen Anspielung überkommen in Richtung: Achtung! Vorsicht! Lebensgefahr! In diesem oder jenem Punkt. Heiß oder kalt.

ALFREDO Spätestens bei seinem nächsten Besuch wird es dir wie Schuppen von den Augen fallen. Dann weißt du Bescheid. Sofort. Über alles.

VITTORIO Du glaubst, er kommt wieder?

ALFREDO Nach dem, was ihr abgemacht habt, gar kein Zweifel.

VITTORIO Was denn nur, Himmelherrgott, was denn nur?!

ALFREDO Er kommt wieder. Natürlich kommt er wieder.

VITTORIO Kannst du dir vorstellen, daß mir jetzt schon graut vor diesem Besuch? Dieser Mensch hat eine Ausstrahlung, daß ich erstens sofort plaudern muß. Daß ich zweitens nicht alles mitbekomme, was ich sage. Daß ich drittens überhaupt nicht herausfinde, was er von mir will.

ALFREDO Es könnte eine bestimmte Wortfolge sein, eine ganz bestimmte Sequenz von Wörtern, die wie ein Code wirkt, und den knackt er. Er tastet deine gesamte Plauderei ab nur nach dieser einen verdammten Wortfolge. Und plötzlich unterläuft sie dir ... Halt, sagt ihm das, hier muß ich einhaken. Hier liegt sein Code begraben. Von hier aus kann ich mir den ganzen Kerl erschließen. Jetzt kann ich rein in den Kerl. Jetzt räum ich ihn aus.

Vittorio Ich bin doch kein Panzerschrank!

Alfredo Es könnte sogar eine völlig unscheinbare Wortfolge sein. Etwas wie: »im Grunde genommen ist es unbegreiflich, daß –« Klick und peng. Schon hat er dich. Nur mal als Beispiel. Hast du mich verstanden?

Vittorio Ich verstehe dich sehr gut. Aber es beunruhigt mich sehr. Meinst du, ich sollte mir die komplett rekonstruierte Plauderei mit ihm noch einmal vornehmen und sie nach allen nur möglichen verdächtigen Sequenzen untersuchen? Aber selbst wenn ich die verdächtigste fände, stellt sich immer noch die Frage: Was verbirgt sich für ihn hinter einer für mich völlig belanglosen Wortfolge?

Alfredo Ja, dann kommt der nächste Schritt.
Dann geht's erst richtig los.

Lichtwechsel. Zacharias Werner am selben Tisch wie vorher, doch im eleganten Anzug, auf dem Platz von Albert Brigg, ihm gegenüber Sylvia Kessel.

Zacharias Werner Ich gebe Ihnen heute das Manuskript Ihres neuen Romans zurück. Ich gehe davon aus, daß Sie unter gar keinen Umständen bei Albert Brigg erscheinen möchten.

Sylvia Kessel Brigg? Wieso denn Brigg?

Zacharias Werner Meine *Edition 24* läuft mit dem Frühjahrsprogramm in neuer Aufmachung an. Und unter neuem Firmenschild. Seit einem halben Jahr bin ich Programmleiter bei Brigg. Ich führe meine eigene Edition dort weiter wie bisher. Selbständig. Unabhängig.

Sylvia Kessel Sie haben sich kaufen lassen, Zacharias? Sie gehen zur Brigg-Gruppe, ohne mir ein Sterbenswörtchen zu sagen? Weiß man eigentlich noch, was das heißt: Verrat, Verräter? In diesem alten, uralten, abendmahlshaften Sinn? Sie sind ein schäbiger, niederträchtiger Verräter.

Zacharias Werner Es blieb mir keine andere Wahl.

Sylvia Kessel Die Käuflichkeit des Rigoristen! Das fehlt ja

noch in meinem Buch! Und was haben Sie mir damals eingehämmert? Gehen Sie zu Brigg, und Sie finden Ihr Buch im Eduscholaden ... *Pocht auf das Manuskript.* Das ist unsere Geschichte, die ich da aufgeschrieben habe!

ZACHARIAS WERNER Es ist Ihre Geschichte von uns beiden. Es gibt Stellen, gegen die ich Einspruch erheben muß.

SYLVIA KESSEL Ist das alles, was Sie dazu zu sagen haben?

ZACHARIAS WERNER Es liest sich gut. Es ist geschickt erzählt. Vielleicht fehlt der letzte Sprung nach vorn.

SYLVIA KESSEL Es ist mein dritter Roman. Mit Abstand das beste Buch, das ich bisher geschrieben habe.

ZACHARIAS WERNER Finden Sie?

SYLVIA KESSEL Nein. Ich hab's nicht wirklich gepackt. Ich hab's nicht ganz geschafft. In Wirklichkeit sind Sie ein viel, viel schlechterer Charakter als im Buch. Ich habe mich bemüht, ich wollte es noch einmal schaffen, so wie früher Balzac oder Flaubert, einen Charakter schildern bis in die feinste Nuance. Un cœur perfide. Sie. Ein wirklich schlechter Mensch.

ZACHARIAS WERNER Wir hatten nie etwas miteinander. In Ihrem Buch haben wir was miteinander.

SYLVIA KESSEL Na und?

ZACHARIAS WERNER Es stand nie zwischen uns, daß wir nichts miteinander hatten.

SYLVIA KESSEL Das können Sie in diesem Fall vielleicht mir überlassen, ob wir etwas miteinander hatten oder nicht. Ich erzähle die Geschichte.

ZACHARIAS WERNER Ich bin gerührt. Sie nennen Ihren Helden Anton Wildgans. Ich heiße Zacharias Werner. Eine großartige Verfremdung.

SYLVIA KESSEL Ich hasse Sie.

ZACHARIAS WERNER Das hört sich schon besser an.

SYLVIA KESSEL Sie haben unseren Verlag verkauft!

ZACHARIAS WERNER Wenn Sie den Roman in der gegenwärtigen Fassung veröffentlichen, müßte ich daran denken, eine einstweilige Verfügung zu erwirken.

Sylvia Kessel Und Sie! Sie frage ich, wo meine Abrechnung bleibt für den »Rapunzelzopf«? Sie könnten mir die Prozente wenigstens pro forma ausweisen, wenn Sie das Geld schon unterschlagen.

Zacharias Werner Es wird in Kürze alles in Ihrem Sinn geregelt. Brigg interessiert sich für Sie. Nach wie vor. Er hat mich ausdrücklich beauftragt, Ihren »Rapunzelzopf« neu zu starten. Wir verfügen jetzt über weit effizientere Strategien, wir könnten für Ihr Buch einen ganz anderen Markt öffnen.

Sylvia Kessel Was gehört noch zu einem schlechten Charakter? Ich muß es wittern, mir notieren, solange Sie noch in der Nähe sind. Durchtriebenheit. Gewissenlose Anpassung. Rücksichtslosigkeit. Vorteilssucht. Falschspiel. Feigheit. Geiz. Unzuverlässigkeit. Notorischer Hang zum Verrat. Untreue. Mangel an Hilfsbereitschaft.

Zacharias Werner Als ich das Manuskript Ihres neuen Buchs las, habe ich mich gefragt, ob Ihre Methode noch zeitgemäß ist. Kann man heute noch ein einheitliches Charakterbild entwerfen? Gibt es den Charakter noch? Ich glaube nein. An einem Tag bin ich Zyniker und am nächsten ein Hymniker. Heute ein Frauenfeind und morgen ein Verführer. Ich meine: in einem Menschen wirbeln gewissermaßen Spurenelemente der gegensätzlichsten Eigenschaften chaosartig durcheinander, kleine und kleinste Wesensteilchen. Sie bauen vorübergehend und sehr schnell einen virtuellen Charakter auf und sehr schnell zerfällt er wieder.

Sylvia Kessel Sie sind und bleiben ein schlechter Charakter. Woraus immer er sich zusammensetzen mag, es kommt bei Ihnen am Ende immer etwas Schlechtes heraus. Das sind Sie. Und das bleiben Sie Ihr Leben lang. *Erhebt sich, will gehen.*

Zacharias Werner *hält sie zurück, sein Handy tönt* Einen Augenblick noch. Warten Sie!
Ja? Werner hier ... Stefan! Was gibt's?
Hört einen Moment, dann zutiefst verblüfft Nein ...?!

An einem anderen Tisch ... Greis und Greisin.

DIE FRAU Wolltest du mir nicht etwas sagen?
Ich hab's nicht richtig mitgekriegt.

DER MANN Ich kann mir ein Leben ohne dich nicht vorstellen.
Gibst du den Schlüssel ab an der Rezeption?

DIE FRAU Nein. Ich schließe die Tür nicht ab.
Ich würde es gern noch einmal von dir hören.

DER MANN Ich könnte mir ein Leben ohne dich nicht vorstellen. Hast du mich verstanden?

DIE FRAU Nein, mein Lieber. Ich auch nicht.

DER MANN Dann gib mir den Schlüssel. Ist auch nichts liegengeblieben auf unserem Zimmer? Hast du etwas vergessen?
Ist irgend etwas passiert?

DIE FRAU Ich wüßte nicht.
Ich dachte, du hättest mir etwas zu sagen, bevor wir das Hotel verlassen.

DER MANN Ich kann mir ein Leben ohne dich nicht vorstellen.

DIE FRAU Siehst du. Das kann doch nicht so schwer sein.

DER MANN Dann schließ du bitte die Koffer ab.

DIE FRAU Ich bin nicht sicher, ob ich mitkommen soll.

DER MANN Du solltest dich irgendwann entscheiden.
Wir könnten sehr gut zusammen weiterreisen.
Aber ich bin mir sicher, daß ich auch alleine weiterreise.

DIE FRAU Ich bin gern mit dir unterwegs.

DER MANN Siehst du. Ist das auch der richtige Schlüssel?
Gib nicht den Kofferschlüssel ab an der Rezeption.

DIE FRAU Laß das meine Sorge sein.

DER MANN Ich kann mir ein Leben ohne dich nicht vorstellen.

DIE FRAU Ich kann mir manchmal ein ganz anderes Leben mit dir vorstellen.

DER MANN Das hast d u gesagt.

DIE FRAU Wer sonst? Von dir kommt ja nichts.

Wieder am Tisch von Zacharias Werner und Sylvia Kessel …

ZACHARIAS WERNER *beendet sein Handygespräch* So. Das war's schon. Donnerwetter. Ein Teufelsstück! Brigg ist über Nacht von der Tempestad-Gruppe geschluckt worden. Es gibt unseren guten alten Brigg nicht mehr. Daran hätte selbst ich nicht geglaubt. Den Brigg kann einer schlucken! Alle Achtung. Tempestad eben. Die Spanier fressen sich durch den Kontinent.

SYLVIA KESSEL Knöpf dir doch bitte die Jacke auf.

ZACHARIAS WERNER Die *Edition 24* hat es bei Brigg auf ganze fünf Monate gebracht. Es ist nicht mal zur ersten Frühjahrsauslieferung gekommen. Bergmüller sagt mir eben, er gäbe nicht die geringste Chance mehr für unser Schatzkästlein. Der fette Brigg wird schlank gemacht. Die Edition fliegt raus. Tolle Nummer. Alle Achtung.

SYLVIA KESSEL Knöpf dir doch bitte die Jacke auf.

ZACHARIAS WERNER Sylvia Kessel, Sie sitzen wieder vor einem freien Verleger. Ich bringe nur gute und wichtige Bücher. Wo sind sie denn? Ich hatte doch immer meinen Rucksack dabei. Seitdem ich diese Anzüge trage, vermiß ich die Last der Guten Bücher auf meinem Rücken. Ich darf mit einer Abfindung in Höhe einer halben Million Euro rechnen. Damit fang ich grundsolid von vorne an.

SYLVIA KESSEL Und wohin gehe ich mit meinem dritten Buch?

ZACHARIAS WERNER Ihr drittes Buch? Erscheint bei mir.
Ich wäre bereit. Ich hätte jetzt das Zeug dazu.
Diesmal bring ich es nach vorn. Wenn Sie bereit sind? Wir arbeiten es gründlich durch, und Sie werden sehen, es wird ein atemberaubend schönes Buch. So was schreibt Ihnen heute keiner nach.

SYLVIA KESSEL Aber daß wir etwas miteinander hatten, wird mir nicht rausgestrichen! Niemals.

ZACHARIAS WERNER Wir arbeiten daran. Ich freue mich darauf.

SYLVIA KESSEL Soll das heißen … wir ziehen weiter?

Zacharias Werner Wir ziehen weiter, Sylvia. Dreißigtausend. Diesmal brechen wir den Bann. Dreißigtausend habe ich Ihnen hiermit fest versprochen.

Sylvia Kessel Lügen Sie nicht schon wieder. Schlafen Sie erst einmal mit mir.

Zacharias Werner Eins nach dem anderen. Ich bekomme meine Edition im Grunde topsaniert zurück. Alle Forderungen, Lasten etc. sind durch die Briggsche Schuldentilgungsanlage gegangen, sie haben sich erledigt. Ich bringe im nächsten Herbst als erstes dieses Wahnsinnsbuch über Skrjabin. Das heizt die Stimmung an. Der Herbst beginnt mit einer echten Sensation. Dann habe ich die Hand frei und kann für Ihr Buch einen absolut überzeugenden Start vorbereiten. Es gibt gegenwärtig eigentlich nichts Beunruhigendes mehr. Seltsames Gefühl. Kein Abgrund in Sicht.

Im Abgehen.

Ich glaube, Sylvia, unsere Geschichte wird nun eine richtige Erfolgsgeschichte.

Sylvia Kessel Und wenn nicht?

Zacharias Werner Dann erst recht.

Lounge

Hotelhalle nachts. Empfang unbesetzt. Im Raum verteilt sitzen, lehnen, strecken sich aus die Leserinnen. Die kritische Leserin, die Brille an der Halsschnur, den Bleistift in der Hand. Die essende Leserin, der der Fleischsalat vom Brötchen aufs Buch kleckert. Die wütende Leserin, die aufspringt, das Buch mehrmals auf die Sesselkante schlägt, sich entfernt, wieder zurückkommt zum Buch, sich aussöhnt mit ihm, weiterliest. Die immer wieder den Kopf schüttelnde, auflachende Leserin. Die sehr kurzsichtige Leserin, die eine Lupe benutzt. Die einschlafende Leserin, der das Buch immer wieder entgleitet. Die fröstelnde Leserin, die den Blusenkragen über dem Ausschnitt zusammenzieht. Die Leserin, die wie in Trance Seite für Seite aus dem Buch löst und zu Boden schweben läßt …

Sie und er kommen in Abendgarderobe von rechts, der Eingangsseite.

ER *stößt mit der Hand grob gegen ihre Schultern*
Du …
SIE Stoß mich nicht.
ER *schlägt ihr in den Nacken.*
SIE Schlag mich nicht.
ER *tritt ihr in die Waden*
SIE Tritt mich nicht.
ER *packt sie und will sie zu Boden werfen.*
SIE Wirf mich nicht.
Schlag mich nicht mehr.
ER *rüttelt sie* Du …
SIE Rüttle mich nicht.
ER *würgt sie.*
SIE Würg mich nicht.

Er *beugt sie nieder* Du …!
Sie Beug mich nicht.
Er *reißt an ihr.*
Sie Reiß nicht an mir.

Der Liftboy *tritt von links auf* Kommen Sie. Ich bringe Sie auf Ihr Zimmer.

Ein ähnliches Paar in Abendgarderobe kommt in die Halle gerannt, atemlos, jeder lehnt sich an eine Säule.

Er Darf ich – – –
Sie Mich verfolgt – – –
Er Seele – – – aus – – – dem – – – Leib – – – gerannt.
Sie Darf ich … was?
Er Kann nicht – – – sprechen
Sie Außer – – – Atem – – –
Er Nacht – – –
Sie Gute – – – Nacht.
Er Nein! – – – Nacht – – – wir – – – zusammen
Sie Meinet-wegen.
Erst aus – – aus – – aus – – ruhen

Beide gehen heftig atmend nach links, werden vom Liftboy in Empfang genommen.
Die Leserinnen regen sich, verwandeln sich in eine Reisegruppe, die am frühen Morgen auf die Abfahrt eines Busses wartet. Man kramt im Gepäck. Stopft Zeitungspapier in feuchte Schuhe. Schält Apfelsinen. Legt Kassetten in den Walkman. Zieht einen Expander. Und immer wieder wird mit dem Handy telefoniert …

Eine mit Handy Schatz! Ich bin's. Bitte verzeih, ich weiß, es ist mitten in der Nacht. Ich bin völlig fertig. Am Ende, ja. Ich mag jetzt nicht streiten, hörst du? Hör mir doch zu! Hör mir doch

erst mal zu, bevor du anfängst zu belfern. Ja, ich wollte verreisen, aber das ist schiefgegangen. Ja, ich wollte dich nicht mehr sehen. Jetzt will ich dich aber wieder sehen. Wiedersehen. Ich kann nichts dafür. Die anderen sind schuld. Die ganze Chemie hat nicht gestimmt. Hör mich doch – Arschloch.
Sie wählt eine andere Nummer.
Mami? Entschuldige, ich hab dich geweckt. Ja, ich bin's, Nicole. Sag mal, kannst du mich für ein paar Tage aufnehmen? Nein ... Ja. Wir haben eine Reise abgebrochen. Ich habe die Reise abgebrochen. Nein, Achim war nicht mit. Ja, es ist etwas geschehen. Nichts Schlimmes. Etwas, über das ich jetzt nicht sprechen kann ...

Die Frauen untereinander.

– Wer macht den Kassensturz?
– Es sind noch ein paar Dinge klarzustellen.
– Ich finde, da gibt's noch jede Menge Erklärungsbedarf.
– Andrea? Kennst du eigentlich eine Madeleine Obick?
– Hm.
– Ah, du kennst die. Interessant. Erzähl mal.
– Es ist so, wenn jetzt jemand käme und zu mir sagte: du kannst morgen bei mir anfangen, und wenn's bei der Stadtreinigung wäre, lieber in der Früh um drei Container kippen, als in einem solchen Schlamm versacken.
– Ich weiß nicht, warum muß immer wieder irgendwer darauf zu sprechen kommen. Genügt doch, daß es so ist, wie es ist.
– Steh doch auf. Lauf weg. Versuch's mal. Ich möchte wissen, warum das keiner von uns tut. Ehrlich.
– Keine ist weggegangen, als es hart auf hart ging. Keine von uns hat sich von allen anderen losgemacht. Nicht mal ich.
– Das ist eben das Virus, das uns befallen hat. Daß wir trotz allem nicht anders können.
– Ich habe rund fünfzehntausend Mark in diese Reise gesteckt.

– Das haben andere auch. Darauf kommt es jetzt nicht mehr an.
– Fünfzehntausend! ... Darauf kommt es nicht an? Siehst du: eine solche Einstellung ist bereits ein Grund für das totale Fiasko dieser Reise. Ich soll mich auf jemanden einstellen Tag und Nacht, der solche Töne spuckt.
– Ein Fiasko. Ein Desaster. Ein Höllentrip. Was nicht alles? Es war ein elendes Erlebnis für jeden von uns. Aber muß man denn ständig drin rumbohren?
– Wenn jetzt einer käme, ganz egal, wer ...
– Gerade du. Du würdest jetzt, wenn jemand käme, deinen faulen Arsch erheben?
– Das haben wir ja erlebt. Du hast ihn in ganz anderer Lage nicht hochgebracht.
– Gott nein, wie soll ich dir je wieder im Büro begegnen. Wenn ich dich bloß sehe, knall ich dir eine.
– *am Handy* Hallo, wie geht's? Nein. Ich bin schon auf der Heimreise. Ach, weißt du, es war einfach nur fürchterlich. Die reine Katastrophe. Warum soll ich dir was vormachen. Die Hölle war's. Ich hab dir auch nichts mitbringen können. Na gut ... schon gut. Schlaf weiter.
– So ist es doch: entweder ist eine Säuferin in der Gruppe. Oder so ein Erschlaffungsvirus greift um sich.
– Wir sind eben alle nicht mehr so widerstandsfähig, wie wir es vor fünf, sechs Jahren noch waren. Ihr jedenfalls haltet nicht mal die geringsten Belastungsproben aus. Ich allein –
– Du allein! Dich allein gab's ja gar nicht. Damit fängt die ganze Krankheit dieser Reise an. Ein unselbständiger Mensch, eine wie du, genügt, ein einziger unselbständiger Mensch macht alle anderen konfus. Kopfscheu.
– Das ist eine Behauptung, so aus der Luft gegriffen, so absurd ... genausogut könnte ich behaupten, eine einzige Frau mit diesem penetranten Buttersäuregeruch unter den Achseln –
– Du kannst Menschen nicht riechen, Heike. Frauen nicht riechen. Eine Menschenfeindin in so einer Gruppe ist noch schlimmer als eine Säuferin.

– Du hättest als erste abhauen müssen. Dann wär's vielleicht noch gegangen.
– Das hab ich doch schon mal gehört.
– Wer nicht? Das haben wir jede von jeder schon mal gehört. Und doch ist keine einzige von uns abgehauen. Keine einzige ist aufgebrochen und allein weitergereist. Nicht einmal ich.
– Wenn du bloß zu Hause geblieben wärst.
– Schon gut. Das gilt für jede von uns.
– Hätten wir nicht dauernd zu Hause angerufen, wären wir vielleicht besser miteinander ausgekommen.
– Ich habe so gut wie nie telefoniert und bin doch mit dir am allerwenigsten zurechtgekommen.
– Das hat vielleicht noch andere Gründe.
– Irgendeinen Schwanzgrund gibt's immer.
– Du imbezille alte Schramme! Das Sauwort will ich nicht gehört haben! Verstehst du mich? Noch einmal so ein Sauwort, und ich ramm dir die Nagelschere in den Nacken. Es ist alles gutgegangen in d i e s e r Beziehung, alles anständig verlaufen. Keine Kerle. Keine Männergeschichten. Jetzt fang du nicht an, deine schmutzige Fantasie vor dich hin zu sabbern. Es ist alles hyperkorrekt verlaufen in d e r Beziehung. Daran hat's nicht gelegen. Es geht auch mal drei Wochen ohne. Jetzt fang du nicht mit diesen Sauwörtern an. Ich kann diesen Dreck einfach nicht hören. Ich schlag um mich. Ich schlag dir die Scheiße aus der Fresse!
– Da kommt jetzt langsam was raus.
– Du hältst die Klappe. Hau du endlich ab hier!
– Mich bringst du hier nicht weg. Geh du doch als erste. Versuch's mal.
– Das ist das Virus. Hast du gehört? Das Virus spricht.
– Kramen, kramen, kramen. Das ist auch alles, was dir einfällt.

Der Busfahrer erscheint zwischen den Säulen der Halle.

BUSFAHRER Der Kleintransporter nach Bad Oeynhausen – sind Sie das? Sie, meine Damen, Sie alle?

– Ich komme!
– Ich komme!
– Ich komme!

Außer Heike verlassen die Frauen die Lounge und schleppen ihr Gepäck zum Ausgang. Die Szene wird langsam hell. Jennifer und Jodie erscheinen an ihrem Arbeitsplatz. Computergeräusche. Überblendung zum Tag, die Halle belebt sich. Verschiedene Personen sprechen an der Rezeption vor oder gehen vorüber zum Aufzug.

JODIE Zweihundertsiebenunddreißig ausgecheckt.
JENNIFER Vierhunderteinundfünfzig möchte das Zimmer wechseln.
JODIE Hundertdreizehn – wie heißen die, Kitzomitij?
JENNIFER Die Jalousien auf dreihundertundeins sind defekt.
JODIE Fünfhundertzwanzig hat das Frühstück abbestellt.
JENNIFER Der Hausdetektiv hat sich krank gemeldet.
JODIE Die Technik auf dreihunderteins, bitte.
JENNIFER *nimmt den Telefonhörer ab.*
Hotel Confidence. Guten Tag.
Für den dreiundzwanzigsten bis zum siebenundzwanzigsten?
Einen Moment bitte.
Zu Jodie Geben wir Rabatt für Journalisten?
Jodie schüttelt den Kopf.
Hören Sie bitte?
Also, das geht in Ordnung. Das Einzelzimmer für dreihundertzwanzig Mark. Hundertfünfundsechzig Euro. Nein, wir geben zur Zeit keinen Nachlaß. Ja, ich warte.
EIN MANN *tritt vor die Rezeption* Entschuldigen Sie, ich möchte zur Lesung von Sylvia Kessel ...
JENNIFER *deckt den Hörer ab mit der Hand* Saal sieben. Gleich hinter dem Aufzug, der erste Gang rechts.

Jodie Roomservice für die drei vier eins.

Jennifer *am Telefon* Ja, wenn Sie mir Ihre Faxnummer geben, die Buchungsbestätigung geht heute noch raus. Wir bedanken uns. Auf Wiedersehen.

Legt auf.

Ich mach jetzt vieles so wie du, Jodie. Irgend etwas geht von dir aus, Jodie, es fließt ganz sanft auf mich über. Bei mir zu Haus klingelt jetzt auch das Telefon neunmal, Jodie, bevor der Anrufbeantworter anspringt. Genau wie bei dir. Es hat sich mir irgendwie eingetaktet, Jodie, das längere Klingeln bei dir. Und eines Tages hab ich bei mir umgestellt, auch nicht gerade bewußt. Jetzt klingelt's bei mir genauso lang wie bei dir.

Gregor und sein Sohn Konstantin kommen zum Empfang

Gregor Kürzlich war ich in einem Haus der Confidence-Kette in Hamburg. Da gab es einen Stromausfall im ganzen vierten Stock. Der Aufzug blieb stecken. Kein Gast konnte lesen oder Fernsehen schauen. Nichts rührte sich. Die ganze Nacht ohne Strom. Absolute Finsternis.

Jennifer Das ist bei uns zum Glück noch nie passiert.

Gregor Sehen Sie, und es war auch ein Confidence-Hotel.
Konstantin, mein Junge, geh hin und studier die Tafel dort.
Das ist der Veranstaltungswegweiser vom heutigen Tag.
Sieh nach und sag mir, wo wir hin müssen.

Konstantin Die Beschichtungstechniker Saal eins. Die Studiosus-Reiseleiter Saal vier. Die Gründungsversammlung der Bioenergetischen Fördervereinigung Saal fünf. Dichterlesung Sylvia Kessel Saal sieben. Die Vorauswahl der Fotomodelle Saal acht. Vorstandssitzung Bosch AG Saal drei. Die Görres-Gesellschaft Saal elf. Tarifverhandlung IG Chemie Saal zwei.

Gregor Na, mein Junge, und wo müssen wir hin?

Konstantin *nach längerem Zögern* Die Görres-Gesellschaft.

Gregor Sehr gut, mein Junge. Selbstverständlich zum alten Görres.

Beide nach links ab. Einzelne Gäste, die an der Rezeption fragen: »Zur Lesung von Sylvia Kessel, bitte?« Die beiden Rezeptionsassistentinnen antworten abwechselnd mit gleicher Höflichkeit: »Saal sieben. Gleich hinter dem Aufzug der erste Gang rechts.«

Schwager Oswald und die stille Emilie kommen vorbei.

Schwager Oswald Ich sehe gerade … Emilie, sei doch so lieb und bleib einen Augenblick stehen. Da steckt ja noch Ohropax in deinem niedlichen Ohr. Darf ich es herauspulen? Hörst du mich jetzt? Ich liebe dich.

Beide nach links ab.
Die Skrjabin-Schwestern und Elmar Kitz, der Komponist, kommen vorbei.

Elmar Kitz Bevor wir uns der hohen Dichtung zuwenden, muß ich euch beiden, Beate und Anja, ein offenes Wort sagen. Ein Geständnis machen. Ich hatte vor ein paar Tagen eine Art Erweckungserlebnis. Es ist mit einem einzigen Namen verbunden. Ermanno Wolf-Ferrari. Ich habe meine Liebe zum Kitsch entdeckt. Ich kann nicht anders, ich muß es sagen. Im Kitsch liegt das wahre Gold verborgen. Man muß es nur heraufholen! Ganz tief unten liegt das wahre Gold.
Er bekommt von beiden Frauen eine Ohrfeige.
Ja, das nehme ich hin. Ich bekenne mich zum göttlichen Kitsch.

Der echte Liftboy, ganz in Schwarz, ein kleiner Handlanger des Todes, kommt zu Heike, die aus der Reisegruppe übrigblieb.

Der echte Liftboy Wollen wir? Bist du bereit?
Ich begleite dich, wie verabredet.
Heike Schon?
Der echte Liftboy Du selbst hattest den Zeitpunkt festgelegt.

Du sagtest, du wärst bereit, bevor deine Schmerzen unerträglich werden.
HEIKE Die Schmerzen sind da. Sie plagen mich.
Doch unerträglich sind sie noch nicht.
DER ECHTE LIFTBOY Du sagtest: bevor sie unerträglich werden. Besser, du kommst jetzt mit. Ehe es zu spät ist.
Wenn du's nicht mehr aushältst, dann ist es zu spät.

Beide ab.
Zwei Männer gehen aneinander vorbei. Der Mann von links dreht sich nach dem Mann von rechts um und spricht in seinen Rücken.

DER MANN VON LINKS Warum müssen Sie mich so beleidigen?
DER MANN VON RECHTS Was habe ich Ihnen getan?
DER MANN VON LINKS Sie gehen achtlos an mir vorüber.
Es kränkt mich.
DER MANN VON RECHTS Gut. Dann bleibe ich einen Augenblick stehen.
DER MANN VON LINKS Danke.
DER MANN VON RECHTS Besser?
DER MANN VON LINKS O ja. Beim nächsten Mal grüßen wir uns vielleicht sogar.
DER MANN VON RECHTS Sagen Sie: Sie gehen doch bestimmt häufig an Menschen vorüber, oder?
DER MANN VON LINKS Ich beachte jeden. Er spricht zu mir in tausend Einzelheiten. Er spricht Bände. Auch ich zeige mich. Auch ich spreche Bände.
DER MANN VON RECHTS Passen Sie auf: auch ich bin im Prinzip sehr interessiert an übersinnlichen Informationssystemen, aber Sie müssen mir verzeihen –
DER MANN VON LINKS Übersinnlich ist nicht das richtige Wort. Es handelt sich um gewisse subsensitive impacts.
DER MANN VON RECHTS Wie gesagt, ich bin prinzipiell brennend interesssiert an allen neuartigen Informationssystemen. Schrei-

ben Sie mir, schicken Sie mir eine E-Mail, klären Sie mich auf. Nur lassen Sie mich jetzt gehen. Auch wenn ich Sie tatsächlich beleidigen sollte, so muß ich Ihnen doch sagen: ich habe einfach keine Lust, Sie anzusehen.

DER MANN VON LINKS Das kränkt mich nicht. Damit komme ich zurecht. Worte beeindrucken mich nicht. Ich habe inzwischen soviel Nachrichten von Ihnen empfangen, die eine ganz andere Sprache sprechen.

DER MANN VON RECHTS Gut zu wissen. Einen schönen Tag noch.

DER MANN VON LINKS Vielleicht grüßen Sie mich das nächste Mal, wenn wir uns treffen.

Beide ab. Alfredo und Vittorio kommen von der Eingangsseite, bleiben gleichzeitig wie auf einer langen Wanderung vor der Veranstaltungstafel stehen.

ALFREDO Na, wonach steht dir heute der Sinn, du kleines Rätsel?

VITTORIO *liest vor* Handwerker, Dichter, Planungsbevollmächtigte, Familiendynamiker, Fotomodelle. Tja. Irgend etwas Zukunftsweisendes sollte es schon sein.

ALFREDO Natürlich. Zukunftssüffige Platitüden willst du hören.

VITTORIO Süffige Zukunftsplatitüden, wolltest du sagen? Der Wein ist süffig, nicht der Mensch, der ihn trinkt. Süffig ist nicht der Mensch, der Wein trinkt, sondern süffig ist der Wein selbst.

ALFREDO Mit anderen Worten, der Wein säuft sich selbst?

VITTORIO Nein. Der Wein säuft sich lediglich wie von selbst.

ALFREDO *wischt mit dem Taschentuch über die Stirn* Wart's nur ab. Wenn wir da sind. Wenn wir erst da sind.

VITTORIO Ja. Was dann?

ALFREDO Wenn wir da sind, wenn wir erst da sind, dann wirst du sehen, wofür Myriaden von Schritten gut waren. Wenn wir erst da sind, dann hat das alles hier, du wirst schon sehen, dann hat sich die Mühe gelohnt, und all das hier, morgen, heute, gestern mit all dem Drum und Dran hat seinen blutigen, dreckigen, göttlichen Sinn gehabt.

VITTORIO Aber vielleicht sind wir längst da, und du bist genauso unerträglich, als wären wir noch lange nicht da.

ALFREDO Du und dein Gürtel.

VITTORIO Ja. Ich und mein Gürtel. Das kannst du wohl sagen.

ALFREDO Dein Gürtel schneidet dich noch einmal in zwei Teile.

VITTORIO Das genau wird er niemals tun. Er trennt an mir den Nordmenschen vom Südmenschen. Wie jeder Äquator.

Beide nach links ab. Für einen Augenblick nur Geräusche, Verrichtungen, Beschäftigungen. Vor allem von Jodie und Jennifer hinter dem Desk. Dann von links Zacharias Werner.

JENNIFER Zacharias! Hat denn die Lesung noch nicht angefangen?

ZACHARIAS WERNER Doch, sie liest schon. Ich kann nicht im Publikum sitzen. Ich bekomme Zustände. Wissen Sie, ich leide unter diesem Zwischenrufer-Syndrom. Ich muß mich immer zwanghaft bemerkbar machen, wenn ich unter den stillen Leuten sitze.

JODIE Ist die Lesung gut besucht?

ZACHARIAS WERNER Voll. Bis auf den letzten Platz. Wie viele Menschen gehen denn in Saal sieben? Dreihundert?

JODIE Nein. Höchstens hundert. Hundertzwanzig.

ZACHARIAS WERNER Hundertzwanzig? Da habe ich weit mehr gezählt. Aber gut. Es ist rappelvoll. Sagen wir hundertfünfzig. In der Regel kaufen davon dreißig Prozent nach der Lesung ein Buch. Macht fünfundvierzig verkaufte Exemplare am Abend. Morgen abend lesen wir in Leipzig. Dann Weimar, Kassel, Wiesbaden. Immer große Säle. Immer weit mehr als hundert, zweihundert Besucher. Ach, meine Lieben, es ist immer derselbe Flammenreif, durch den ich springen muß, wieder und wieder, in diesem Höllenzirkus.

JENNIFER Beruhigen Sie sich. In anderthalb Stunden haben Sie's hinter sich. In zwei Stunden ist alles vorbei. Sie sitzen fröhlich beisammen und trinken auf den Erfolg.

ZACHARIAS WERNER Ja, die Aufregung, das Lampenfieber, das ist das eine. Aber der schrecklichste, gefährlichste Flammenreif ist und bleibt das Geld, das uns fehlt. Wenn sie rauskommt nachher, glücklich über ihren Erfolg, wenn sie ihre Bücher signiert hat und strahlend auf mich zukommt, jawohl, die Leute mögen mein Buch, Zacharias, es war mucksmäuschen still, ein großer Erfolg, dann muß ich ihr sagen: wenn Jennifer und Jodie nicht gewesen wären, dann hätten wir den Saal gar nicht bekommen. Denn wir hätten die Miete niemals bezahlen können. Und alles weitere, Leipzig Weimar Kassel Wiesbaden, das muß leider ausfallen. Ich habe nicht einmal das Geld, um die Reisekosten vorzustrecken. Die Veranstalter zahlen erst, wenn du gelesen hast, also kommen wir gar nicht erst hin. Die Reise kostet für uns beide rund dreitausend Mark. Und was haben wir? Nichts. Bleiben wir also zu Hause. Du kannst ja auch in der Straßenbahn vorlesen.

JODIE Nein. Das wird sie nicht tun. Sylvia Kessel gehört in die großen Säle. Überall soll sie aus ihrem Buch vorlesen. In vielen Städten. Vor vielen Menschen. In würdigem Rahmen. Sie ist eine wunderbare Schriftstellerin. Wir alle müssen sie unterstützen. Jennifer, du hast Gespartes. Du gibst zweitausend, ich gebe zweitausend. Dann haben Sie noch einen Tausender in Reserve.

Du schreibst jetzt einen Scheck, ich schreibe einen Scheck.

Die beiden holen die Scheckhefte aus ihren Handtaschen und füllen die Schecks aus.

Und wenn sie nachher rauskommt, nach dem Erfolg, dann können Sie ihr um den Hals fallen und sagen ihr: Morgen geht's weiter. Morgen geht's erst richtig los.

ZACHARIAS WERNER Ich kann das nicht annehmen, ihr Lieben.

Beziehungsweise: es dauert, sagen wir, drei vier Wochen, das Buch springt an, wir ziehen es schnell hoch, es kommt auf die Bestsellerlisten, dann kriegen Sie Ihr Geld mit gutem Zins zurück.

JODIE Sie werden ihr niemals sagen, daß das Geld von uns ist. Für uns beide ist das eine Selbstverständlichkeit, über die man nicht spricht.

ZACHARIAS WERNER Ich werde kein Wort darüber verlieren. Mein Gott, bin ich froh, daß ich ihr die Enttäuschung ersparen kann. Es wird ab morgen alles wie geplant verlaufen. Die Lesereise findet statt. Nur ich weiß, wem wir das zu verdanken haben. Leben Sie wohl, Jennifer. Leben Sie wohl, Jodie.

Er geht nach rechts ab.

JENNIFER Alles Gute für Sie!

Ein so grundanständiger Mensch.

Ein gerader Kerl.

JODIE Ja, er ist wirklich ein besonderer Mann.

Und wie er kämpft! Er kämpft, hält sich knapp über Wasser, er greift nach dem Strohhalm, er sinkt, er gurgelt, er taucht ab ... und dann plötzlich steigt er ans Ufer, ist wieder da, schüttelt sich kräftig und fängt wieder von vorne an. Das müßte meiner können.

JENNIFER Und meiner erst.

Telefon

Hotel Confidence?

Dunkel

Inhalt